寻找白玫

白晶◎著

新星出版社 NEW STAR PRESS

引子

　　本以为可以静下来，处理发生在自己身边的变故。一件预想不到的事件发生，莫名其妙地将白玫卷入其中。穿行于与自己同名同姓的未曾谋面的女子之间，冥冥中两个人好似有了某种牵连与羁绊。命运中有命运，人生中有人生，过去和未来相响相济。白玫的心情无形中撕成若干缕，两条腿艰难地迈着不同的步伐。

　　一时间，搅得一摊命水动荡不安……

第一天

1

人生中的许多事就像我们手掌上的生命线，握住的只是一部分，而另一部分却是自己无法掌控的。

这不，肖朗的朋友路一鸣专程从河南赶来找白玫，可路一鸣这个名字，她压根儿没有听说过。而肖朗又是白玫的好朋友，这位不速之客于情于理也只得接待。只是，她自己已深陷问题的重围，从来没有像现在这样不愿意被人打扰。

"你……你就是白玫？"路一鸣见到她的那一刻，像技艺欠佳的变脸艺人，前一个表情没有撤下，后一个表情已露出马脚，有些无所适从。

"是啊，怎么了？"他来找她，可两个人照了面谁也不认得谁。白玫感到好笑。

听他扼要地做完自我介绍，白玫惊愕地重新打量着他。他说42岁，可看上去足有50岁了。中等偏上的身材，瘦得像刚从水深火热的旧社会跋涉出来的。脸上的肉像被刀子片去了似的，由泛着土灰色的皮肤包裹着，颧骨显得格外突出，两颊凹陷得像山间盆地。若不是深陷在镜片后的目光还算有神，白玫蓦然看到这个人，肯定会被他的样子吓一跳。他五官端正，要不是因为脱相得厉害，也还算是蛮精神的一个人。

"肯定是哪儿出问题了。"路一鸣虽然这么说，眼睛却一直没有从她的脸上挪开。

"我从来都不认识你，也不是你要找的白玫！"为了不怠慢肖朗的朋友，她尽力让自己耐心些，态度上也热情了几分。

路一鸣情绪低落地说："25岁以前，我也在天津，后来回河南创业。肖朗是我拍产品广告时认识的。听说他在出版社工作，便向他打听白玫，没想到他说跟你很熟。可一见面，才知道我要找的白玫不是你！"

"提前交换一下照片，不就都解决了？"

"怕你不见我，提前没让肖朗告诉你。来到你家楼下，才让他给你打的电话。"他的脸上写满了落寞，"知道白玫消息的那一刻，我还想，这小丫头真有出息。当年那么多文学青年，如今都销声匿迹了，她还坚持在这条路上走着。"

白玫打断了他的话，不客气地问："如果我是你要找的人，你想做什么？为什么怕'我'拒绝见你？"

路一鸣摘下眼镜，撩起毛衣下摆擦拭上面的雾气，声音有些干涩："有件事纠缠了我很多年，只有找到她，了却一桩心愿，才能平复下来。这些天，这种想法更加强烈。否则——我就是死了，也闭不上眼睛！"他剧烈地咳嗽起来，从口袋里掏出一块手绢捂着嘴，那张没肉的脸憋成了难看的暗紫色。他收起手绢的刹那，白玫看到手绢上沾有一丝血迹，"对不起！"他咧开嘴想笑，给人的感觉却像是没有流出泪水的哭。

"是什么事？有这么严重吗？"白玫预感到这里面一定有故事。

"我想还一样东西，它在我手里一天，我就一天不得安宁。你们做媒体记者的认识人多，要不你帮帮我，看能不能找到她？"他掏出一个巴掌大的手绣荷包，因为年代久远，已经褪色。大团的红牡丹盛开在墨绿色的缎面上，乡土气息浓厚。他的手指在缎面上摩挲，发出沙沙的响声。里面的物品时而兀起，时而陷落，像是一个条形的硬物，看不出是什么东西。

"我很忙，怕没有这个时间。"见他磨磨叽叽，迟迟没有打开荷包，白玫的耐心被磨损得很厉害，便卖起了关子，"你不告诉我理由，我怎么帮你？为一桩无聊的事，浪费了时间和精力，又何苦来呢！"他吞吞吐吐的样子，勾起了她的好奇心。把写作当做生活方式的人，一般都有强烈的好奇心，用他人的生活来弥补自己阅历的不足，丰富自己的写作素材，是许多作家惯常的行为。

"对不起，那我打扰您了！"他最终没有打开荷包，站起身欲走。

白玫闪开身子，一副请便的样子。

他黯然地走向门边，像被不能接受的事实压垮了一样，眼睛里一片黯淡，走起路来也有些摇晃。与刚进门时的风风火火，判若两人。

2

送走了不速之客，白玫坐到电脑前，即使没有可写的东西，她每天也要写日志，好在写文章时笔头上没有生疏感。

看透一个人，就像费了半天劲才剥开一颗坚果，却发现里面的肉已经霉变，这是非常可怕的。不仅是对曾经美好幻象的完全颠覆，还是对人性里那些弱点的又一次印证。人，一旦变得不再畏惧，是对这个世界的彻底绝望，抑或丧失了和绝望斗争下去的希望。

衰极衰，衰极败。

而我，还有所畏惧，就像方才来找白玫的叫路一鸣的男人。他的畏惧，似乎是怕被陌生人窥见到自己的内心；而我，却比他有更为复杂的一言难尽的那些……

电话响了。

白玫有些不耐烦。写东西时不喜欢被打扰，是每个长于写作的人的通病。见显示的是肖朗的号码，她恶狠狠地想，你这家伙，没打招呼竟把我的住址告诉别人，得好生拿你试问！刚按下了接听键，肖朗沙哑却不失磁性的男中音兴冲冲地招呼："哥们儿，出来喝酒吧！"

自几年前相识的那刻起，肖朗不容分说地喊白玫"哥们儿"。一个女人家被一个大男人"哥们儿，哥们儿"地叫，跟他接触时，她感觉自己的性别意识也有些淡化了。她是性别意识比较强的人，从不认为做女人有什么不好，也清楚哪些事自己做得来，哪些事永远与自己无缘。而对横在女人头上的种种不公，她总会暗暗地不服气——我们已经让了那么多步，干吗你们还要步步紧逼？为了把持住自己所拥有的那点尊严和权力，我绝不能做隐忍的奴隶！想归想，只要不触犯她做人的底线，也都会委曲求全。

白玫总觉得肖朗跟一个叫林书豪的人长得很像，唯有身高比林书豪要蹿得猛一些。肖朗听她说后大笑起来说，你哪天把他叫过来，比一比谁更像谁。林书豪是她上高中时认识的一个人，后来没有了联系。

"路一鸣来找我了！我可不是他要找的白玫！"她说。

"怎么，你不是白玫？"肖朗被自己的失口逗得几乎笑喷了，"嗨，瞧我这张破嘴，老漏风。他要找的白玫不是你吗？"

他的话使她忍俊不禁。他是个开朗乐天的人，总会在不经意间搞一些小幽默逗她发笑，在交往的朋友中，也是令自己备感舒服和开心的一个原因。

"同名同姓不同人！"

"得，看来有麻烦了！"

"在网上'人肉搜索'，岂不更容易？"

"一鸣不想这么做，怕对白玫是一种伤害。咱们见面谈吧！"

除了必须的应酬，对一般的聚会聊天，白玫没有多大兴趣。那些酒席上的话，酷似被酒精腌泡久了的"山参"，营养都泡出去了，推杯换盏、嘻嘻哈哈地看似热闹了一场，却什么也品不到，倒是孤独了。对能聊到同兴趣上来的朋友，她却很少拒绝。

她欣然答应了肖朗。

3

离小区还有一段距离，肖朗把车子停下来。

以往白玫还会心虚地解释，小区路窄，不好调头！她之所以那么说，是因为和子枫的父母子枫的同学"貌似"住在一个小区，不得不慎重。这次她什么也没说，肖朗自行这么做了。她有些不好意思，好像和他做了什么不清不楚的事，不暧昧也显得暧昧了。

几年前，同肖朗聊过书稿后他送白玫回家，那时他们刚认识。正遇见子枫和"貌似"从楼里出来。她给他们作介绍，子枫盯了肖朗一眼，什么话也没说。倒是"貌似"给她一个台阶，凑上来跟肖朗握手，令她很没面子。子枫回到家，气哼哼地说，你怎么什么人都敢往家领。她很气愤，不知他为什么会这么想，又不愿跟他争辩得面红耳赤，怕隔音不好的墙壁，会把吵闹声传到楼上去。

"貌似"是子枫的大学同学，真名叫李明义，两人交情甚笃。刚认识时，听他说话时爱带"貌似什么什么"的口头禅，觉得有趣，白玫就给了他这个绰号。两家都动起买房的心思时，"貌似"说，要不咱们就买在一个小区吧，我经常到国外搞港湾设计，一走就是大半年，家里有什么事你可以替给我照顾。

子枫觉得主意好，便跟白玫说，儿子蛋蛋和他女儿同龄，可以作个伴儿。白玫却觉得相好的两家人，不应离得太近，就像两个极接近的物体时间长了总会有摩擦一样，所付出的代价就是多年来的情谊。而"貌似"的妻子刘媛，白玫一见她把嘴唇画得像刚吸了鲜血，浑身就起鸡皮疙瘩。看两个男人兴致很高，又不好说什么，只得随他们去了。出人意料的是，子枫把房子买到了他父母的小区，而"貌似"却把房子买到了子枫家楼上。由于性格差异，两家的女人她和刘媛不常串门，两家的男人和孩子却有不把彼此的门槛踢破不罢休之感。

"一鸣五天后做手术，也不知道能不能下手术台！"

白玫想起路一鸣咳血的手绢，问道："他得的是什么病？"

"是肺病，具体有多严重只有等手术结果出来才能知道。这几天最好能找到白玫，给他一个安慰！"肖朗又叮嘱了一句，"我明天出差，三天后回来！你替我多担待吧！"

走进小区，一窗子一窗子的灯光被瞌睡人的眼捻灭了不少。白玫的身影，被昏暗的路灯在冰冷的地上不厌其烦地拖来拽去。光线来自不同方向，身影前后左右杂乱地交错变换，一会儿拉长，一会儿缩短。高跟儿鞋哒哒地敲着路面，很似叩在包了一层硬壳的绝望的孤独上，不堪重负之感袭上她的心头。

刚进门，一团黑影"呼"地跳过来，冲她吼着："还没离呢，"他的声音又忽地放小了，"你就沉不住气了！不给自己留条后路，只能是一条死路！"

没有任何防备的白玫，着实吓了一跳。按亮厅灯，看到子枫一个人在家，通红的脸上酒意很浓。蛋蛋如果不到奶奶家去，当着孩子的面儿，子枫说话还是有所顾忌的。这段时间，他常酒不离口，想必内心有苦，只能借酒消愁。

从子枫音调的变化，不用说楼上的"貌似"已从国外回来了。家丑他可以跟"貌似"说，却不愿让刘媛知道。对"貌似"家的事也是如此，他只说人家的高兴事，糗事对白玫却闭口不谈。

常常是"貌似"一走，刘媛和女儿搬到婆家住，他一回来，全家也跟着搬了回来，从楼顶上发出的动静就能猜到。白玫奚落子枫说，叫你非把房子买一块儿，这下好了，连大声放屁都不敢了！可遇了今天这种事，也得顾及脸面，毕竟刘媛那张嘴不是好嘴。

白玫什么也没说，径直向卧室走。

这间屋子是朝阴的，透过前面的两排楼宇能隐约看到几百米外的河堤，堤的那边是条大河。说来也怪，刚搬进这套房子时，她挑的是朝阳的那间小屋子，坐在那里却毫无写作状态，更找不到拿捏文字的任何感觉。

作家萧红说，她一想写东西时，天上就乌云密布。或许作家只有在阴霾的氛围里，才有极度被压抑的不吐不快的文思。白玫也觉得坐在洒满阳光的屋里，思绪的雾霭有一种被人洞穿的感觉，被人偷窥的局促扰得心神不宁，这种状态中哪还能整出文字来！便把阴面这间稍大的房间，做自己的书房兼卧室。

她写东西时，子枫总爱踮着脚悄悄潜进来。蓦然回头，望见身后举着的一张大脸会吓一跳，思绪也像鱼儿刚抓到手便转眼滑脱了。这种感觉使她非常不爽。

见她惊魂未定的样子，他不屑地把鼻子一哧：

"做了什么见不得人的事，干吗怕我看？"

"你又不是不知道，我写作时就怕打扰！"

"我只知道，做光明磊落的事是不怕人的！"

子枫在任何状态下都能心无旁骛地做事，便认为白玫也会跟他一样。他是搞建筑设计的，拿到硕士学位后来到建筑设计院工作。他的刻板、理性与她的灵动、感性，像设计图纸与文字编织一样，是思维里的两重天。以前，白玫认为不同的性格与思维方式可以互补两个人所短，现在看来就像水与油一样难以调和。以前，她还曾设想被反对伪科学的大师何祚麻终结的王洪成"水变油"的神话，可以在自己和子枫间兑现，虽不能举案齐眉，也可以相偕终老，现在却觉得真不是件容易的事。

"这婚一天不离，我一天都无法忍受，你还是在协议上把字签了吧！"子枫说。

她被刺痛了，冷冷地回击："你是不是早有预谋？否则，怎么会做出那件事来？"她把"那件事"说得很重，暗示自己为此一直耿耿于怀。

半年前，因为"那件事"被她揭穿，才对他说了离婚的狠话。冷静下来，为了儿子蛋蛋，也为了入一门，出一门不是儿戏，她才闭口不提离婚的事。想不到，他不但没有悔意，这几天却把离婚挂到嘴边上，而且越来越变本加厉。

"是你放着好日子不好好过，不往正道上走！"他说。

"我怎么了？"

"你自己知道！"

"问题是我不知道！"

"扯谎的人，为了不被揭穿，会使出浑身解数自圆其说。你那点小伎俩，骗得了谁！"他向卧室走去，魁梧高大的身子有些不似他这个年龄的佝偻。

4

寻找那个白玫的事，与白玫现在自己的处境纠集在一起，似被秋霜压下了头的向日葵，而她还在努力寻找太阳的方向。

肖朗是她不多的好友中的一个，酷似林书豪的外表，在她心理上多了一些亲近。寻找白玫是他第一次求自己帮忙，若不放在心上，可能错失了朋友间的信任。现在的人，想建立一份信任无异于在沙子上造屋；一旦遭到重创，便再也无法矗立起来。她不想让他失望。

路一鸣和白玫是在文化宫的文学沙龙里认识的，或许从那里找起，能寻到一个突破口。白玫想到了小佳，她在文化部门做过五六年会计，后来去了会计师事务所，三年前独立门户做了经理。她或许能提供一些线索。

小佳是白玫中学同学小丽的姐姐。她与八脚踹不出一个"屁"来的小丽没有共同语言，她对白玫却很依恋。为此小佳找到白玫说，你若不与我妹妹做朋友，她就再没有朋友了，求白玫不要冷落她。小佳听说白玫爱看书，时常送一些世界名著小恩小惠于白玫。时间久了，白玫跟小佳却成了私交很好的朋友。因为没有共同的利益和朋友圈子，她俩的关系没有受时光摧残，得以日久弥新。

"我给你学狼叫，嗷——嗷——"电话里传来诡异的叫声。

"你又抽哪门子疯？"

"刚才那个不像，我再给你学。"小佳又干嚎了两声。

白玫想揶揄她，听筒里却传来低泣声，像是从地底下猛抽上来的那种，让人听了有些发毛。

"怎么了你？"她本想向小佳打听事的，不成想又要当小佳的垃圾桶了。

"我没喝多，就，就一瓶白的，一瓶红的。"

"还不多啊，你就不怕喝死！"

"我巴不得早点死，所有的烦恼，就都他妈的没了，没了！"

"别瞎说了！谁的日子都不比谁好过。"听起来，这话更像是白玫对自己说的。

"女人，女人这东西，事业做得再成功，没有一个幸福的家，也是精神上的孤儿！"她口齿有些绊蒜，语意表达得却很清楚。

"谁的电话？"身后传来子枫冷冷的声音。

"小佳。怎么了？"听她这么说，子枫的头从门缝里缩了出去。

每次他都会这样，不是在门外偷听就是质问。弄得她一打电话，好像做贼似的偷偷摸摸，很没面子。她不太在意别人说什么，可"大面儿"也得要，否则，再跟人相处总觉得软肋握在人家手里，自己挺不起腰来。

"打扰你家子枫休息了！我他妈的没事。"小佳知趣地把电话挂断了。

白玫这才想起要问的事，把电话拨过去，她却关机了。

为了排解心情，白玫坐到电脑前。肖朗讲的路一鸣和白玫的事，虽然不多，却压重了她的手指。写别人的故事，离自己的生活远，既减了心压，又不会沉浮于自我境遇的跌宕起伏中，不啻是一种很好的排解郁闷的方式。

说来也怪，有写作状态时，白玫只要坐到电脑前，游走于透着远古信息的象形文字中，就会像吸食了鸦片一样，在"跟着感觉走，请抓住梦的手，感觉越来越近，越来越轻柔"的快感中，身外的一切好像也在自动给自己让路，脑海中臆想的情境显影出来，除了描摹、捕捉与呈现，已物我两忘了。

说到写作，她有许多怪癖。比如，饭不能吃得过饱油腻；坐在椅子上，若感到胃部与腹部相互碰触，敏感的文思好像生气了似的躲向一边，千呼万唤也不出来。早先，她一边播放与心情契合的音乐一边写字，如今已做不到了。好像只有耳根子清静，心灵里发出的声音，才能真切地听到，摸索到。而写报告文学、纪实文学、电视脚本或串词，这些跟心情无关的文章时，她却可以在毫无状态的"零度"下写作，不过，有状态时写出的此类稿子，却比"零度"写作时要来得生动耐读。

尼采说，越没有理性，越接近神性。这点，白玫已深切地感受到了。心神癫狂中写出文字的精彩，往往是常态下无法企及的。所谓神来之笔，无不是在癫狂时完成的，而这，又是最可遇不可求的。

她的文友兄弟乔杨的短诗《爱情》她很喜欢：最肤浅的爱情，是合法同床若干载；最深刻的爱情，是非法通奸一辈子。乔杨说，我写诗时，常把自己拆了。而"拆"的状态，她认为就是把理性全扔了，只留下一个感性的甚至动物性的状态。

写下《寻找白玫》的题目，她猛地一怔。一个奇异的想法随之冒出：何不将与自己同名同姓白玫的寻找，当成对另一个"我"的追寻？在莫名的亢奋中，文字像雨点一样噼哩啪啦地落在了电脑屏幕上。

5

寻找白玫

文化宫二十多年前的电影放映厅里，挤挤插插坐满了文学青年。台上，有位著名作家像布道一样高谈阔论，大谈文学创作。会场上很静，偶尔从哪里传来一两声咳嗽，好像都会惊扰人们渴望的眼神及纤敏的神经。大家尽力屏住气息，不想漏掉一句"真知灼见"。

粉碎"四人帮"不久，人们压抑了很多对那个时代的反思，急需一种排解的手段，文学无异于最直接最便捷的方式。许多青年人，集聚到以培养群众创作队伍为目的文化宫所办的文学团体，欲在这里寻找到一对能起飞的翅膀，也就不足为奇了。

那一时期，因为文学创作而改变了人生，从工厂、农村挤入报社、文学创作界或政届的屡见不鲜。不像现在，是个会写字的都能在浩如烟海的网络平台上发文章，即使出了几本书也只能算做写手，什么也改变不了，更别说以此作手段，敲开理想的大门了。现在人们在网络里发文章，除了一些想以此博出位的，大多数人还是为了排解工作与生活所带来的压力。

前排的角落里，有位青年抽烟的样子很特别，烟卷像接着卷烟厂的流水线，一根连着一根，他的周围烟雾缭绕。趁工作人员走上讲台给作家倒水，他悄悄离开座位，走到看上去像高中生的一个女孩儿面前，耳语了几句。女孩儿虽然脸涨得通红，还是跟他从会场上溜了出来。

她上身穿一件白色上衣，下身着一件蓝色的背带牛仔裙，乌黑的头发拢成一条马尾，在脑后一甩一甩的。圆圆的脸上白里透红，猫猫眼上的睫毛很长，扑闪扑闪的像会说话，不笑也像笑的，清新得让人不能不为之侧目。

"白玫，我带你去海河边照相去！"男青年望了她一眼，不露声色地说，镜片后的眼睛分明在笑。

女孩儿站住了，歪着头，脸上充满了好奇："你怎么知道我名字的？你是谁？"

"我叫路一鸣。我在报上读到过你的一首小诗，从创作室李老师那儿还看了你交上来的作品，很有灵气！四五百号人的文学讲习班里你年纪最小，又清纯可爱，大家都很关注。你没发现吗？"

白玫的脸红了，像一朵含苞待放的桃花，映得文化宫飞檐斗栱古色古香的老建筑都有了勃勃生机。她问道：

"这么好的讲座，干吗不听？"

"听他瞎白话浪费时间，那些东西书里都有，没啥新鲜玩意儿。"路一鸣的声音像播音员似的那么好听。

"你怎么这么说，他可是名家啊！"

"那都是唬人的！我告诉你，搞文学创作的人，没有谁会把看家的本事掏出来，除非才情大得没有谁能比过他！你想啊，他体会了多年才好不容易悟出来的东西，轻易传授给别人，他还有饭吃吗？再说回来，写作靠的是才情、灵性和勤奋，没有这些，别人说得再实在，也是对牛弹琴，不起任何作用。"路一鸣不屑地笑了。看白玫一脸的惊奇，他问，"你上几年级了？"

"高一。"

"好好学习，考个中文系，系统学学中外文学史和创作理论，对以后搞创作大有裨益。不过，可别学成貌似有学问，却眼高手低，只会纸上谈兵的那种人。真让他们写点什么，只会引经据典，像有多大学问似的，其实是掩盖自己思索与发现的贫乏。因为他们的想象力，都被理性扼杀了，没有丰富想象力的人，是写不了文学作品的，即使费了半天劲鼓捣出一篇来，也没什么读头！当心！"路一鸣把脚搭到地上，另一只手扶住了白玫的车把。

白玫的脸刷地白了，胸脯剧烈地一起一伏，像是吓坏了。

一鸣问："你父母在哪儿工作？有兄弟姐妹吗？"

"我父母在大学里当老师。还有一个姐姐，在医科大学上学。你呢？"

"我初中没毕业从河南来到天津，在一家工厂做工。"

海河已在眼前，两个人停了下来，自行车靠在河边的栏杆上。

海河是我国华北地区流入渤海诸河的总称。金元时下游段称为直沽河、大沽河。海河这个名字始见于明末。天津也因河网密布，被人们喻为水做的城市，给生活在这里的人们赋予了水样的灵性。

天津是座移民之城，市民的祖上多是周边省市的农民或商人，也有一些是从水路上过来在此定居的。清末及民国时期，许多清廷的遗老遗少来这里的几处"租界地"避难，达官贵族来此做寓公，也有许多国外的商人买办来此做实业，中国历史上许多重大事件在此发生，又赋予了它"近代历史看天津"的称谓。

不同地区的风俗、文化和饮食习惯聚集于此，因此天津不同区域的口音变化很大，"妈妈例儿"多，而且老百姓好吃也会吃。道路七扭八歪，房屋很少有正南正北朝向，这与河网密布依河走向所建有关。天津人的性格直率，热情，不歧视外地人，爱面子，随遇而安而又比较中庸，重感情，讲义气，喜欢自嘲，这种城市的风貌及性格特点，都像河底的泥沙一样，无不是历史、文化与生存环境的沉积。

"你靠栏杆站着，对，脸朝河面。猛地回头，把头发甩起来。好，自然点。再来，就这样！""坐到长椅上，手托香腮，凝眸河面的远方，呵呵，感觉很到位。"路一鸣边说边挪动脚步，不停地按动快门，俨然一个最称职的摄影师。

两个人都折腾累了，在长椅上坐下来休息。

身边的杨柳被风的手指牵来扯去，他们的脸一会儿被绿荫掩着，一会儿又被斑斑驳驳的光影笼罩。河面上，一条长长的挖泥船开过来，马达隆隆；带状公园后面是条马路，行人和车辆来来往往。这一切，丝毫没有影响这对年轻人。

"我从小就喜欢摄影。来天津前，我对我爸说，你不给我买个好相机，我就不去。我爸急了，说，现在弄个城市户口多难啊，我求人托窍磨破了好几张嘴皮子才给你小子办成！他拿我没办法，也只得依了我。"一鸣说。

"我听人说过，玩摄影就是烧钱。"

听洁净得像雪一样的白玫说出"钱"字，一鸣先是盯着她看了一会儿，而后爆出爽朗的笑声："写作只要有纸笔和头脑就够了，摄影却需要价格不菲的器材。不过，所有的艺术都是相通的。"

白玫仰脸看了看日头，说道："我得回家了。我父母不知道我参加讲习班的事。"

"你没说？"

"没。他们认为搞自然科学才是正经事。"

"他们一定是教理工的。"

"是。不过，我父母的书架里有许多文学名著，没事的时候我就偷偷地阅读。我姐姐发表处女作还要早，在12岁。她叫白云，以前也想当作家，我父母却为她做了主，去学医了。"

"看来，你姐姐是个乖女儿。"

"她只是表面上顺从，内心可野了。她学习一直很棒，父母总拿她对我说事儿，使我一直生活在她的阴影里，无论多出色好像总赶不上她。我表面上很少与父母作对，这一点是跟姐姐学的。"

"哈哈，你也会阳奉阴违？"

"我不想让他们生气，硬碰硬只会两败俱伤。你是怎么喜欢上文学的？"白玫不好意思地抿了抿唇线分明的小嘴儿，未施任何脂粉的脸上撒满了金色的阳光。

"是孤独，就这。"一鸣掏出一本薄薄的小书，提了字递给白玫，"这本席慕容诗选，送给你了。"

"腼腆地一笑，便绽出一个童话世界；希望，是个金色的秋。"读着他的提字，白玫的脸蓦地红了。

她骑出很远，回头望时，见一鸣还站在原地目送她。她停下来，冲他挥了挥手，拐了一个弯消失了。

一鸣在岸边坐到夜上浓妆，才推车往回走。心神像风的手指搅动的河面，一波推着一波，显得不很平静。

6

白玫被楼上"咯吱吱"的声音吵醒了。"貌似"一回来，"咯吱吱"的声音，就会赶着脚儿来搔扰她。

她对"貌似"两口子开玩笑说："你家的席梦丝床该进古董店了！""貌似"却说："在历史感中玩穿越，那才叫过瘾！"暗下他却说："你知道刘媛的脾气，钱一交到她手上，再抠出来难极了，一分钱恨不得掰成十瓣儿花。"

出于他们久别似新婚的只争朝夕，被搅得心烦意乱时，白玫不是躲到子枫屋里，就是到客厅去，等到他们折腾完了再回屋。现在正和子枫别扭着，她不愿自讨没趣低声下气地往他的被窝里钻，又不愿被楼上的压在下面，听他们兴风作浪追云捉月时的欢声笑语。

类似的声音，"貌似"在国外时她没少听到过。大多是在白天，她在屋里写稿，楼上的床便"咯吱吱"叫了，偶尔还能听到女人一两声不可抑制的叫声。她跟子枫提起此事，子枫却说她是写稿子入了魔，产生的幻觉。为了证明不是幻觉，她曾在楼上安静下来，躲在帘后往外望。不大一会儿，看到一个中年男人走出了楼栋钻进路边的车里，并没有开走。又过了几分钟，才见刘媛浓妆艳抹地从楼里扭出来，还下意识地往白玫家的窗子瞟了一眼，才迅速地钻进男人车里。

有一天，正好子枫在，楼上传来"咯吱吱"的声响。白玫兴奋地把正在伏案画图的子枫拉过来，指着楼上让他听。没想到，他却说别瞎联想了，或许她们娘俩回家取东西，孩子把床当成蹦蹦床跳，或是她把屋子借给别人用了，声音是别人搞出来的。他还提醒白玫，过好自家日子，别人的事少操心。

这些细节，如果不是亲眼所见，纵使无论怎么想象，也是编不来的。子枫却不以为意地说，就是看见他们钻进同一部车里，也说明不了什么。他沉着脸说话的样子，好像错的是白玫。

白玫之所以在意此事，不仅出于自己被搅扰，还是出于对"貌似"的同情。他说过，单位承揽的是国外反恐重灾区的港湾设计，脑袋每时每刻都是别在裤腰带上的，一不小心说掉就掉了。不为家人过上好日子，谁会拿命换钱！从人性的角度，她也理解从来没有喜欢过的刘媛。丈夫偶尔从电话里传来的温存，像远水解不了近渴，无法满足三十如狼四十如虎的她心理与生理的急需。

也许过于偏心，她对"貌似"的怜惜多于对刘媛的同情，不明白子枫和"貌似"关系那么铁，竟对刘媛趁他不在家，三天两头带人过来压床的事漠不关心。如果换了自己，看到小佳的男人与其他女人在一起，为尽到朋友的责任，也要从侧面提醒一句。

7

笼罩着雾气的夜似抓住了风儿的衣襟，冷嗖嗖地直往窗子里钻。湿气在房檐上慢慢地凝聚滑落，形成一串不绝于耳滴垂的省略号。本想透透气的，却似有一根看不见的钓钩，伸向隐在寒夜深处的白玫的记忆。

白玫的童年由两部分组成，一部分在河北老家，一部分在天津。

她的母亲在河北省一家师范学院读书，经人介绍认识了在天津一家军工厂做工的她的父亲。婚后第二年生下白玫，后来又生下弟弟白冰。当年母亲充满了改变家乡面貌的幻想，执意回到老家教书，与父亲过着两地分居的生活。

被隔辈人疼爱，是许多孩子都有的感受，白玫却只在三岁前有过。那是她苦命的姥姥给的。姥爷二十多岁时死于日本鬼子的刀下，那一天在这个小村与他同时被杀的共有三十多个手无寸铁的村民。当时姥姥才二十岁，白玫的母亲只有九个月大。那几天，仅有二百多人的村子家家搭灵棚，地上落满了白花花的纸钱，血迹及血衣随处可见。撕心裂肺的哭声，穿透了天空，整个村庄疼得瑟瑟发抖。姥姥经常抱着白玫讲小村的故事，告诉她那时根本不懂的"凡有血气，必有争心"的道理。

有天夜里，母亲给弟弟冰儿喂奶。以往睡觉很轻的姥姥会跟着醒来，这次却没有。母亲用手推了推，发现姥姥的身子有一种可怕的硬。一摸，身体已然冷了。姥姥的怀里睡着小白玫，双臂仍紧紧地搂着她，好像怕一不小心会摔了似的。给姥姥穿衣服时，舅舅将她的双臂捋了半天，她却仍保持着抱着白玫时的姿势。

纯朴的民风，虽然像包裹小村的绿色可轻易地延展到梦里，又因小村永远结着家仇国恨的伤疤，村民们无论是对一份爱还是对一份恨，都会执著和坚韧到骨子里。他们对做教师的母亲的敬重，令懂事的白玫从小在人们的赞美中饱饱地吸吮了真、善、美的乳汁，像个被爱哺育的宠儿。

外界的环境再美好，却无法弥补一个需要呵护的幼童内心的缺失。母亲是把授业传道看得很重的人，父亲逢年过节才回老家探亲。因为没人看护，白玫从记事起就由母亲带在所教的班里，白冰则托人照管。母亲教几年级，她就跟在几年级，不能像同龄人一样自由玩耍嬉闹。生病的时候，母亲只得把她锁在家里，身边放一大箱子小人书和一只缺音少电的半导体收音机。

幼年时的她缺少理解父母的逻辑，只得用半导体里播放的《青春之歌》《欧阳海之歌》《红岩》《海岛怒潮》《西游记》等长篇小说和小人书中的故事，忍着病痛，挨着不属于那个年龄的一个人的孤独。五岁时，她竟自作主张，跑到供销社站在比自己高的柜台前买了人生中的第一本书《金光大道》，虽然是小人书，小小的她已体验到了买书的快乐。六岁时，她给远在天津的父亲写了人生中的第一封信，情真意切而且用词准确，虽然不会写的字是拼音代替的。这时她还不知道，这些都是自己最早的文学启蒙。

白玫十岁那年，父母结束两地分居的生活来到天津。她的心是被小村的绿意和质朴浸染的，而偌大的天津城除了攒动的人群，就是无边无际的钢筋水泥与被太阳烤得发软的柏油路。尤其是路边地沟里发散出的臭气，更使她无法忍受。在老家也时常会闻到晒在场院上的大粪味儿，可她在大粪味儿中可以嗅到绿色的清香及粮食出锅时扑鼻的香气。

她问自己，这里是家吗？若是，怎么感觉不到它？若不是，又怎么会生活在这里？

孤独，像一张看不见的大网，兜头将她罩住，在无法抹去的像鞭子时时抽打的怆然中，她用父母给的零用钱买来《当代》《花城》《人民文学》等刊物及《红与黑》《孤星血泪》《童年》《鲁滨孙漂流记》等外国文学名著来读。她之所以这么做，也只是为了让心灵有个可以承载自己的故乡。

这份像刀子一样割着的孤独，有时候会变成一把刻刀，雕琢意志并开掘潜能；而为了弥补残缺，她会本能地找一个适合自己攀爬的竖梯，抓住它，好让灵魂系上去。书读得多了，一个奇异的念头渐渐地冒出来：我也能写，因为我心里也有许多不吐不快却无处可说的话。这时她还不知道，一切艺术归根结底是一种心理及生理活动。

小学毕业，作为中队长的白玫，差1.5分没有考上重点中学。父母及老师失望的眼神，戳疼了她敏感的神经。小小的她还没有调整自己的心态的能力，在破罐破摔中，她学会了逃避，性格变得非常孤僻，文学无疑成了最适合自己去逛的游乐场。游乐于父母眼中的

"闲书""禁书"里，像在谈一场那个年龄所不允许的恋爱，巨大的快乐和刺激使她乐不思蜀。

上高中以前，白玫一直保持着这种姿态。身边围着不少没话找话说的男生，她却没有看上谁，更没有爱上他们中的哪一个。他们青涩的谈吐似唇边尚不坚硬的胡须一样，气息吁得它一掀一掀的，毛茸茸得让她感到滑稽可笑。而那些女生，浅薄得如同一张花哨的糖纸，被文学滋养的她，思想已远远地走在同龄人的前面了。

直到上高一那年，比自己高两届的一个男生走入她的视线。他不仅有"三好生"、"品学兼优的学生干部"、"优秀学生党员"、"全国绘画金奖"的声誉；而且他酷似电影演员金城武的外表，更为他添上了个中翘楚的光芒。

别人谈论他时，她满心欢喜地侧耳聆听。希望在校园里碰上他，甚至课间有意在他教室门前走过，就为看上他一眼。跟他不期而遇地走个对脸时，心房里像钻进了刚学敲鼓的人，击打得心律没有了节奏。脸又红又热。渴望高傲的他注意到自己，同时又不敢迎接他的目光。错身而过，禁不住收住脚步回眸他的身影。

"金城武"家离白玫家不远，仅隔两条马路。白玫有一次从他家门前走过，正看到他在楼上的窗口探出头给窗台上的杜鹃花浇水。晚饭后白玫再出来散步，便不自觉地走向那条小街，就为了向那个窗口望一眼。那里承载着他的一个世界，充满神秘而又极具诱惑力的想象。她有时恨自己晚生了两年，否则自己或许会跟他在一个班上课，每天都可以把他框进自己的视线。

莫非我爱上他了？她问自己。激动过后却是深不见底的无望，自己不够优秀，没有足够的理由引起他的注意。

一件事情的发生，却彻底改变了白玫对这位男生看法，也陡然改变了她尚在形成阶段的爱情观与人生观。

那是夏日的一天夜晚，白玫和小佳从音乐厅出来，天上不知何时下起了大雨。小佳劝她等雨小些再走。她也想避会儿雨，可一想到母亲说的十点半前必须到家的话，便不敢久等了。

有一次，她去参加同学聚会，到家已是十一点多。推开门，母亲坐在沙发上，手里拿着擀面杖，见她进来，拿擀面杖向她一指，"你想怎么着？"吓得她心里扑通扑通的。"我的车钥匙丢了，找了半天才找到。"她诚惶诚恐地说。母亲一听，板着的面孔有些松动，声音却依然严厉："这次原谅你，下次再犯，说什么都没门儿！"

那次说钥匙丢了，这次她不可能再"丢钥匙"，即使说了母亲也不信！何况，临出门时也是扯了谎的，说去图书馆查资料。如果实话实说，母亲是不会让她来的。

有时候，人就是这样，越怕什么就越来什么，像上天有意安排好专门惩治你似的。

骑到一处僻静的小马路上，两侧是工厂的围墙，路边浓密的白杨树叶被雨水浇得发出恐怖的声响。白玫心里的小鼓狠劲地敲着。心里越怕，不好的想象就越往外冒，一个接着一个。哪儿的树影猛地一摇，哪儿的水洼被撞进去的车轮溅起了大水花，哪儿的响声稍大一点，都会吓着自己，魂儿都没了。

绕道而行，得多骑十分钟！虽有些犹豫，她还是不顾一切地冲了进去。雨水流进眼里，胀胀的难以看清前面的道路，刚用手抹去又灌了进来。这时，她就像痴迷网络游戏的人，除了闯关，一切都不管不顾了。地面坑坑洼洼，有几次还险些从车上颠下来。

小时候，跟母亲在漆黑的乡路上走，路边的白杨树像一个个黑色的幽灵，被空旷的原野上赶来的风吹着，哗啦啦作响。她一边紧紧揪着母亲的衣角，一边一步三回头地走。母亲说："人的肩上有两盏灯，你往左边回头，左边的灯就灭了；你往右边回头，右边的灯就灭了。你勇敢地往前走，灯一个都不灭，会一直照着你！"

她用母亲的话给自己壮胆，恐惧感少了一些，但不安的感觉仍像鬼魂一样如影随行。骑到一处更加幽僻的拐弯处时，被硬物绊了一下，她身体失去重心，连人带车摔进泥水里。

一道黑影呼地闪了过来，未待白玫反应过来便扑到她身上，双手像钳子一样夹住她的双臂，满是酒气的嘴向她脸上拱，手在她的乳房上乱抓。任凭她拼命挣扎抗拒，他却像刑具一样铐得她动弹不得，嘴被啃咬得生疼，雨水流进口腔泛着血腥味儿。她感到了无助，一个女人内心再强大，在男人的力量面前也变得不堪一击，况且她还是弱小的高中生。

雷公好像也震怒了，一道像粗壮的树根，撕裂开无数条根须的闪电猛地一闪，撼天动地的轰鸣劈下来，大地在颤。白玫在转瞬即逝的电光中，恶狠狠地望向那个人，却一下子惊呆了。

这张脸太熟悉了，只要看到一个轮廓自己就知道他是谁。

是那个让她日思夜想的男生，"金城武"！自己曾在千万种形式里幻化过他，都没有现在的这一种。也想象过被他亲吻摸抚，甚至还有每个细胞高歌起来的肌肤相亲，却都没有现在的这一种。心中所有的美景，像遭了雪崩一样碎裂开来。泪水和着雨水汹涌而下。

他扯白玫的裙子时，她叫出了他的名字。似被人抽了闷棍，他傻在了那里。白玫顺势朝他肚皮上狠狠抓去。他似滚鞍落马的败将，踉跄地爬起身，惊魂落魄地消失在雨夜中。

白玫仰面朝天地躺在泥水里，心情泥泞得无以复加。雨水抽在脸上，火辣辣地往心里钻，却感觉不到疼。自己爱慕的男生，都像一面墙壁，一侧挂着光彩夺目的辉煌，而另外一侧像溅满粪便的厕所，自己还能相信什么！

不知过了多久，她才木然地爬起身。有什么东西掉在地上。在泥水中摸索了半天，把它拾了起来，慢慢地推车向家的方向走。好像再没有什么好怕了的，世界上最美好的东西都他妈的只不过如此，还有什么不过如此呢！

青春，好像永远凝固在了这一刻，而她也将不可必免地苍老而去……

9

第二天课间，白玫来到"金城武"班里。

几个同学围拢着他高谈阔论，好像是莫奈、梵高、雷阿诺什么的。见一个漂亮女生找他，他高傲地走出来，身后传出同学们的起哄声。看样子，他没有认出白玫。

白玫定定地望着他，把一块手表摊在他面前，这是昨天她拾到的罪证。因浸了雨水，表针仍停在昨夜的那一刻。而被母亲劈头盖脸数落的那些话，好像仍在表针上一刻不停地走动。她强压愤恨，仰起一脸的轻蔑。

"金城武"的脸刷地白了，把她拉到一边说：

"这不是我的！"

"我仔细看过，表带上刻着你的名字！要不，我把它交给你们班主任去！"

"同名同姓的多得是，这能说明什么问题？"

看他嘴硬，她气愤地说："你肚皮上的伤还疼吗？"

他的鼻尖上呼地冒出一层汗珠，瞥了一眼左右，口吃地说道：

"你，你要什么？"声音小得白玫刚好听到。

"你把看家的本事都给了我，还有什么好给的？"

说完，白玫大笑起来，眼睛不屑地瞥了一眼他的裤裆。

一个女生爱上一个男生的时候，常常会变得很贱，好像只有这样，才足以表达出自己对他彻底的臣服；而此时，她才知道，当一个女生不再爱那个男生时，会把他看得很贱，好像只有这样，才足以表达出自己对他的绝望与蔑视。

"金城武"的脸红到了脖腔，血管胀了出来，眼睛慌乱地扫着过往的同学。他也许做梦都想不到，自己在人前风风光光，把好名声尽揽怀中；背后却两层皮地做人，将施恶到本校女生身上的物证留了下来。

上课铃声急促地响了起来。

"这样吧，"白玫说，"今天晚上，到北京电影院请我看场电影，我就原谅你了！"

"好，我七点等你。"他不加思索立刻回答说。

她把表揣了起来，扭头就走，脚下的步子都笑得一颠一颠的。找他之前，她还有些忐忑不安，这刻却觉得让自以为是的男生露出鲁迅所说的藏在"棉袍下的小"，是一件多么开心的事。这是他为撕碎一个少女的梦想，所埋的一笔大单。

放学后，白玫给小佳打电话。她听后，几乎把听筒乐爆了。

"我爽约，才不去呢！"

"干吗不去？你要这样……"

"算了，杀人不过头点地。"白玫犹豫起来，觉得按她说的去做，未免有些残忍。

"你啊，"小佳讥笑道，"不是我犯'烂桃花'时你给我出的主意，比这个也'善良'不到哪儿去！你还训了我一顿'狗不理'呢！你忘了？"

小佳说的事，那么深刻，白玫哪能忘得了！

小佳为自己不喜欢的一个男人纠缠不休，很是挠头。他是小佳的同事，小佳数次跟他说自己无意于他，那个男人却抱定"好女也怕恶男缠"的想法，对小佳紧追不放。小佳不愿和他发生直接冲突，怕把关系闹僵，又不愿跟他有任何发展。白玫得知后给小佳献计。小佳一听一拍大腿说，你不愧是会写文章的，联想就是丰富。

那个男人再约小佳时，小佳没有像以往那样推三脱四，而是爽快地答应了。只是，去时带上了白玫。远远的见他等在约定的路口，小佳和白玫没有走过去，而是拐进路边的农贸市场，来到卖鱼虾的摊位前。小佳在一个四十多岁，又矮又胖，说话高门大嗓的大嫂耳边耳语了几句，随后掏出些钱塞到她沾满鱼鳞的手里。

大嫂笑呵呵地把钱揣进衣袋，快步走向那个男人，胖脸上的赘肉兴奋得一颤一颤的，像要去实施一项伟大计划似的。小佳和白玫则躲到一堵墙的后面探头观望。

大嫂对男人说："大兄弟，你在等我？"

男人一怔，有些不知所措："我——"

"我什么我？"大嫂伸出满是鱼腥的手，掐了一把男人的脸说，"我就是小佳，小佳就是我！不信你试试，你再对小佳死缠烂打，过来陪你玩儿的一定是我！"

因为是十字路口，过往的路人很多。有好事者停了下来，饶有兴趣地驻足围观。被一个粗俗的女人当众纠缠，男人觉得很没面子，转身欲走。

那位大嫂一把揪住他的衣领说："嗨，小子，你如果想再找个妈，老姐也不嫌给你当！"男人甩开她的胳膊，调头就走。大嫂仍不依不饶地在他身后大喊，"你可别记吃不记打，再扰我家妹子儿，有你好看的！"

看着男人的熊样儿，小佳和白玫乐不可支。小佳夸白玫招术高，白玫夸小佳选得"枪手"好。

有过在工厂工作经历的人大都深知，车间里那些四十多岁的老大姐虽然热情，性子直，却因"过来人"见多识广的心态，在行为上少有那些所谓"文化人"的忌惮，也缺乏五十多岁当了奶奶姥姥的那些女人不愿再被人戳脊梁骨的检点。如果一个青工被几个老大姐围住取笑，在嘻嘻哈哈的打诨间，由于玩笑开得过火，兴之所至几人齐动手把青工的裤子扒了也不是没可能的。青工被捉弄得满脸通红，她们却没有一点难为情，乐得比看了一场好戏还要过瘾。因而，懂得深浅的青工扎在这些女人堆儿里闲聊时，一般都会躲开挑动她们恶作剧的那根神经。而在市场上做生意的四十岁开外的本地人，不乏下岗工人，而能撑起水产摊儿的女人，没有皮糙肉厚的两下子还真做不了。

这些，白玫是从来找母亲闲聊的邻居口里听到的。

转天，小佳见到那位被恶搞的男人说："我家亲戚做得太过分了，我听后气得够呛。不过也没办法，家里人的意见不听，咱们就是走到一起也没好果子吃！"

男人明知是小佳搞的鬼，领教了那场难堪的他，也只得知难而退，再没打扰过小佳。

与"金城武"过招儿，白玫没有想出更好的办法，虽然对小佳的主意有保留意见，也只得依了她。"他才不值得可怜呢！你是让他重新做人，替也许会步你后尘的女孩子做善事！就不信了我。瞧好吧！"

白玫到电影院门口时，"金城武"早已等在那里。穿着一身耐克的白色运动衣，白色的耐克旅游鞋，站在人群里很惹眼。从他不时变化的站姿及漂浮不定的眼神，可以看出内心是焦躁与局促的。

她心软了，何必呢！但想到小佳说的话，心才硬起来。

挑了个角落坐下。若没有先前发生的那些事，有这样一个帅气优秀的男生陪在身边，她会幸福得从心里淌蜜。可现在，除了怜悯和怨恨，她没有任何感觉。

"搂着我。"她说。

他迟疑了片刻，听话地把胳膊搭在她肩上。他的身子是僵硬的，不自然更不自在。

"吻我。"她说。

他默默地看了她一眼，没动静儿。

"你昨夜的狂野哪去了？乖，快吻吧。"她的口气柔中带硬，在心里却骂着自己，堕落得不像正经女孩儿！只有不正经的女孩儿，才有可能与不正经的男孩儿抗衡。

他只在她唇上蜻蜓似的一点，便闪开了。小佳谋划的事，她真不想玩下去了。可一想起她说的，治他就要把他治服，否则他若反咬过来，让自己吃不了兜着走的话，才有了动力。

"你们男生，好像没有一个不喜欢自慰的，要不你……"她的脸腾地燃起了火苗。这个细节是日本电影《关于莉莉周的一切》中的镜头。小佳也够狠的，竟学来这个绝招对付他。

"够了！我做不来！"他有些羞愤，怕惹怒白玫，极力克制着。

"昨天晚上，你怎么什么都做得来？还是做吧，让我也开开眼！"

"饶了我吧，求你！"他的声音里充满痛苦。

白玫有些于心不忍，同时还有一种做坏事的快乐，说道："完事后我把表还你，咱们就两清了。我说话算话。"

"算我活该！"他无奈地叹了口气，又回转来哀求道，"我真的做不来。求你了！"

"我今天原谅你，明天会有许多女孩儿不原谅我！"

见白玫不松口，他紧紧地咬着嘴唇，闭上眼睛……

一道亮光猛地一闪，他吓得一下子摊在了坐位上……

小佳嘴角掀着笑意，在他身边坐下。

猝不及防的他脸霎时变了形，身体缩作一团，大口大口地喘着粗气，肩膀一耸一耸的。

"敢对你学妹不敬，这些照片可会让你更出名的！你不想试试看吧？"小佳拍了拍相机，"从今以后，别再人前是人，人后是鬼。三尺之上有神明，今天的一切都是报应！"

"希望你好好做人，做个好人！"白玫说着把手表塞给他，竟发现他的手在抖。

走到街上，小佳笑得比闹市的霓虹还要璀璨。胸有成竹地说："你可以放一百个心了！"

"或许，他没有那么坏。"

"你这人真没劲，差一点被他强暴还这么说！不过也是，这世道，好和坏变得越来越模糊，一不小心就跨到了另一边。还是提防点儿好！经历了这件事，你还相信爱情吗？"

"相信。不过，我更相信爱情像黄金一样珍贵，只有坐在黄金带上的人才能开采到。"白玫的脚碰到了一个空的易拉罐，一脚把它踢了出去，撞到路边的墙上，发出咣唧唧的声响。

"马克·吐温说，生命总是开端于最美好的状态，而在最糟糕的时候结束。爱情其实也是这样。只要那个男人是个收纳和温暖我们苍凉人生的火炕，已是幸运了。"

小佳的话白玫明白。小佳刚上班时，有位比她大许多的师傅对她很好，在工作上耐心教导她，在生活上也帮助她。让她非常感动。有一天加班，单位就剩下他们两个人，那个男人趁她不备一下子抱住了她，手在她的胸部乱摸。小佳一气之下给了他一记耳光，说若再有下一次，我不仅告诉单位领导，还闹到你家里去。那个男人孙子似的赔不是，说以后再不敢了。

白玫庆幸有一个年长并拥有丰富人生经历的闺密，给自己指导人生。父母不跟自己说的话，她可以站在白玫角度随时随地去说，没有父母教化式的兴师动众，自然而然，潜移默化，白玫接受起来像呼吸空气一样容易。

这件事以后，白玫更深地逃进文学作品里。恋爱对象，也转移至虚幻的人物中。随着多篇作品在报刊上发表，当一个作家的梦想，在她心中疯长。

10

白玫越来越像一只失群的孤雁，独来独往。

台上讲课的老师，颐指气使口若悬河的样子，令她厌倦；台下的同学，男女生不时传纸条时的样子，窃窃私语及提起某位歌星、影星、球星发嗲时的怪叫，让她恶心。弗洛伊德说，每个人都是潜在的精神病患者。她却觉得周围的人好像没有一个不是显性，而且已病得不轻。

还按时间上下学，中间那一大块时间却被她挪作他用了，不是在课堂上看小说，就是逃课。谎言，成了最好的工具，她常常用它来对付老师和父母，每天不提来一箩筐谎言，这一天过得好像没有一点滋味。在头疼，肚子疼，家里有事等谎言的掩护下，她经常带上外国名著、一瓶水和一个面包跑到公园的长廊里，一坐就是大半天。有时也去图书馆，她就是在那里遇到了长得像肖朗的男生。

无聊的时候，她就去看电影，在不景气的电影院里看一个人的电影。偶尔遇到其他逃课的同学，他乡遇故知似的过来跟她搭讪，而她拒人千里之外的冷漠，又让对方扫兴地走开。被打扰，就像赴宴晚了只剩下一桌狼藉的残羹，让她无法接受。

也有一次例外。

白玫坐在录相厅看日本电影《梦旅人》，一个男生来到她身边，书包往旁边的座位上一放，说："同学，帮我看一下。"

她觉得可笑，整个录相厅里的人加在一起不过四五个，有什么好照看的。他再回来时，手里举着两杯可乐，将其中一杯递给她说："这是你帮我看包的报酬！"

"你不会撒迷魂药了吧？"她半开玩笑地说。

他喝了两口，把杯子递给她："你喝这杯！"看她还不相信，掏出证件说，"这回，你该相信了吧！"

那是本市一所大学的学生证，光线昏暗，她又有些近视，没看清他的名字。为不让他轻举妄动，却装作看清了。心想，这人某种程度上来说还算实在。接可乐时，她感到他的手还是碰了自己的手一下，不知是有意还是无意。

与陌生人接触，白玫越来越感觉比和熟人在一起安全，越是在公众场合，越没有任何危险。上初中时，她和一个女生关系甚密，说一些心里话是自然而然的事。后来，发现跟她说的私房话，成了很多同学公开的话题。她这才明白，最不可靠的就是离你最近的人。在无法挽回的伤害中，她躲进了冷漠的壳里。而和陌生人在一起，距离隔开了彼此的生活圈子，来于陌生，归于距离；自由来去，互不相扰。挺好。

他抱住了她，汗津津的手往她身上摸。看没有遭到拒绝，越发变得大胆和放肆。

男人就是这样，摸了你的手，你不拒绝，接下来会摸你的胳膊。摸你的胳膊，你不拒绝，他会得寸进尺地摸你的胸。摸胸也不被拒绝，接下来就没有什么不可以做了。有位成名很早的男性作家说，"一个女的如果答应跟一个男的单独吃饭单独看电影，就是答应跟这个男的发生关系了，可以牵手就是可以做一切，这是我心中一向的一个推理。"

男人的这些鬼花活，白玫还不懂。不过，她想，如果自己没有能力坐到爱情的黄金带上，何苦还要抱着梦想的空盒子不放！

她第一次发现，肉体在男人意味深长的摩挲和疏理中，会变得亢奋和舒服，像吹得恰到好处的气球，没有爆裂的危险，却可以做短暂的梦幻般的跳跃翻飞。已变成"坏"女生"问题"女生的不安，纠缠着她：父母知道了非抽死自己不可。看来，偶尔人不知鬼不觉地做次"坏事"，也乐不可支。想起那夜欲强暴自己的"金城武"，如果他也像眼前的男生一样，哪怕是先邀自己看一场电影，再要求什么不但顺理成章，或许还会变成一种美好的回忆。

儿时，她做过一件天大的"坏事"。大约五六岁时，她和小伙伴们到外面玩。憋急了，想尿尿。一时又找不到厕所，便蹲在一户人家的土房后面，近旁是一条小路，不远处可以望见绿色的田野。她的心扑通扑通地狂跳，怕从哪里冒出个人来，撞见这让人难为情的一幕。

现在想来，一个小孩子做这件羞耻的事也不为过，可那时她却认为自己已老大不小了。望着一条小溪被自己制造出来，迅即被干热腾腾的黄土吸走，只留下湿湿的印痕，她头一次体偿了冒天下之大不韪离经叛道的快感。

眼前的男生显然过于稚嫩，或许怕把她弄疼了，游走的手似抚摸一朵娇贵花朵，小心翼翼。他的吻有些笨手笨脚，牙齿不是咬到她的舌头，就是像吸盘一样粘着不放，把舌根拉得生疼。直到她用手使劲拍打他，才松口。

一位男作家说："人一生中的某些年龄可能专为某个器官活着。17岁之前我的手和脚忙忙碌碌全为了一张嘴——吃；30岁上下的几十年间，我的所有器官又都为那根性器服务，为它手舞足蹈或垂头丧气，为它费尽心机地找女人谋房事。它成了一根指挥棍，起落扬萎皆关全局；人生最后几年，当所有器官都懒得动了，只有靠回味过日子。"

她突然感到，这个不老的作家，已然是这个时代的"古董"了。现在的年轻人，只要点一下鼠标，就可以轻而易举地钓到想排解无聊与寂寞的鱼。没有理想的年代，人们都蜕变成了动物，像失控的战斗机一样到处狂轰乱炸。

小佳曾说，在这个世界上谁也不属于谁，一定想属于谁，你就是天底下最傻的人。这个世界最滥的是爱情，最稀缺的恰恰也是。人活着还是务实点，花前月下的浪漫是一回事，实实在在的生活是另一回事。别让浪漫把自己吞噬，也别让现实把自己活剥。一定要提住线，把两个"木偶"操控得游刃有余。

"去我宿舍好吗？"

白玫摇了摇头。相互调戏一下，适度地放松青春的躁动与压抑就够了，干吗给自己找包袱背，而且还是来源于陌生人的！

从录相厅出来时，他说："我请你吃饭吧！"见她摇头，又说，"你挺招人喜欢的，再见面好吗？"

白玫仍摇了摇头，冲他挥了挥手掉头便走。

恍然中，她好像一下子明白了性和爱的区别。人不过也是动物中的一种，受基因与本能支配。向动物要道德，本身就欠道德。爱，不过是一种完美的感觉，找现实生活索要，无异于缘木求鱼。

先圣康德早就有言：有两件事让人敬畏——浩瀚的宇宙和我们内心的道德。在那个年纪，白玫过早地把许多观念颠覆了。还好，尚有的理性，使她的思想不管走多远，人还站在原地，并没有让自己离人生航线走得太偏。

同样的事，后来又发生过几次。都是在她恰到好处的掌控中有惊无险，在刺激中饱偿了不按常理出牌的快乐。

11

若不是一件事情的发生，或许白玫不会上大学，不会在舞会上认识来学校玩的陈子枫，她的命运便会改为另外一种。

高二那年，母亲看到她考卷上大红灯笼高高挂，大怒："真想不到，你会考成这样。考不上大学，拿不到文凭，你又能到哪儿证明自己有水平！"

"大学只会培养匠工，而作家却不是哪个大学能培养出来的。"白玫嘴硬地说。

母亲的嘴角有些哆嗦，嗓子被什么卡住了，呼噜噜直响，指着她鼻子的手指在颤："你——你也不看看，作家是那么好当的？长得像天仙也不比真本事有用，不好好读书，怎么会有出息？你看冰儿，学习是学习，玩儿是玩儿的！可你呢，就是跟别的孩子不一样，这么不服管！这样下去，你得天天在家坐着，可谁会养你啊！"

还在很小的时候，有位被村民称为高人的老学究。他是"文革"时被下放的清华大学教授，粉碎"四人帮"后又回到了清华，不过还常回来。有一次，母亲领着她和弟弟在路上遇到了他，闲聊起来。白玫等得有些不耐烦了，看到一户人家门前拴着两只山羊，拾起地上的土坷垃朝它扔。见没砍中，她冲到离它不到一米的地方砍它，命中的山羊发出"咩——"的惨叫。她开心地大笑起来，也冲它"咩——咩——"大叫。也许是羊怕她了，转过身用屁股对着她，好像看不到伤自己的人，就安全了似的。

他对母亲说："发现没有，你家玫儿跟别的孩子就是不一样？"

母亲问他："您为什么这么说？"

"你看这孩子的眼神儿，有这个年龄的孩子没有的东西。"

母亲拉过白玫，弯下身子端详了很久，抬起脸说："我只看到她的黑眼珠比别的孩子多，亮，没看出有什么不一样啊！"

"三岁看大，七岁看老，还是在理的。"那人说完，摸了摸白玫的头，笑眯眯地走了。

上五年级那年，她当上了中队长。她对当老师的帮凶嚣张地管其他同学没有兴趣。可同学们选了她，这把重要的椅子又不能不坐。她常常在老师不在教室时，让一个同学望风，其他同学则会把课堂闹成游乐场。望风的同学咳嗽一声，她会示意大家老师来了，班里归于了安静。不名真相的班主任把她当成了好帮手，同学们也乐于跟她打成一片。

不过，有一次她还是被罚站了。写政治作业时，看到要抄好几页书，而且连抄三遍，一时心烦，她便自作聪明地只写了开头和结尾，中间一大块内容被掐去了。老师把她叫到讲台前罚站。同学们看她眼神，却没有一个是歧视性的。她嘴上不说，心里却满不在乎，甚至还暗暗地有些得意。晚上，第一次被老师请了家长的母亲非常气愤，指着她说："没错，你就是跟别的孩子不一样！还班干部呢，这就是你的带头作用？"

而这一次，母亲被气得非同小可。她重重地摔在沙发上，双腿绷得挺直，两手紧紧地攥着，呼吸急促。白玫以为她在用这种怪异的方式吓唬自己，手段是为目的服务的，不过是用苦肉计达到让自己好好学习天天上向的目的。见她口吐白沫，脸色惨白，才害怕起来。边大声喊她，边掰她紧握的双手。

　　冰儿听到喊声跑过来，眼睛像蚊子一样恶毒地盯了她一眼，上前去掐母亲的人中。几分钟后，母亲才喘了口大气，慢慢地睁开眼睛，里面充满了绝望，眼眶涨开了，一串泪珠子滚了下来。她是个要强的人，在老家一个人艰难地带着两个孩子生活，都没见她掉过泪。而为了白玫，她却……

　　"你啊，非气死我不可！"母亲的声音被气息哽住了。她才四十多岁，头发已经花白稀疏，比同龄的女人看上去要苍老得多。还有她穿的衣服，无论是内衣还是外罩，大多都是白玫不穿的，她修改缝补一下再穿，不是跟她的年龄不搭调，便是不合时宜，从来都不舍得买件新衣服穿。

　　冰儿懂事地端来脸盆，把毛巾浸湿拧干，帮她擦脸。他之所以被父母喜欢，不仅是学习成绩优秀，还因为他总能适时地给父母安慰。现在，他好像又在用自己的举动无声地说，妈妈没事，您还有一个我呢！

　　"你爸油瓶子倒了都不扶，我拉扯着你们，从小到大，容易吗我！就是豁出这条老命，只要你们有出息，我不会说一个不字！可你为什么这么不争气，让我的老脸往哪儿搁！'凡有血气，必有争心'，你小时候姥姥经常说。她如果知道你这么不着调儿，不白疼你了？"

　　"姐，你就不能听妈一回！"冰儿瞥了她一眼，揍近母亲用哄小孩儿的声音说，"妈，别生气了，我姐知道错了！"脸扭向白

036

玫，声音里带着命令，好像他是老大似的，"姐，跟咱妈认个错，说你以后会努力！"

白玫的火气被他拱了起来，又不好在母亲面前发作，使劲瞪了他一眼。别看有些事她不想让他占先，从心底还是疼他的。他小时候长得瘦弱，总被别人家的孩子欺负，她没少替他打架出气。

望着母亲心力交瘁的样子，她心软了，一下子清醒过来。最辜负不起的，就是爱。人在做事时，不能只图一己之欢，更多的还要考虑那些爱你的人。

这件事以后，白玫把大部分心思放到了功课上。不过，有时仍会无法控制地开小差，并为一再负于母亲深感愧疚。

晚上坐在写字台前学习，母亲把一碗牛奶放到她面前。下有两个上学的孩子，上有婆婆需要赡养，家里的日子捉襟见肘，这些有营养的食物都是父母从自己嘴里抠出来的。而她，一听到脚步声，便神色慌张地拉过旁边的作业本作伪装。母亲哪里知道，书本底下藏着不可告人的秘密——一本小说或正写的习作。

还有一件令白玫感到汗颜的事，母亲让她去买东西，让她到抽屉里拿钱。买东西时捻开崭新的票子，才发现多拿了一张。回家后，发现母亲没提此事，便冲到书店，全家的柴米油盐即刻变成了捧在她手里的书。接下来的几天，她小心地观察母亲的脸色和说话时的声调，见没有什么变化，才放下心来。这一经历，让她有些看不起自己。当书里的情节融化为内心的感觉与跃然纸上的文字，愧对父母的疚痛才得到了缓解。

望着母亲不似她那个年龄的苍老，白玫心里很不是滋味，又为无法完全改变自己而深感不安。当父母的期望像一条无形的鞭子，抽打得她痛苦不堪时，自己的一些反叛行为才找到了落脚的理由。

终于拿到了大学录取通知书，因为平时基础差，她的高考分数并不理想，被扒拉到本市一所财经大学会计学专业。母亲却很高兴，以少有的方式搂住她说：

"好闺女，我早就知道，只要你认真去做事，一定能成！"

母亲用这种方式表达，在她长大后还是第一次。真不知道该为此高兴，还是该为此痛苦。这一年，无聊的功课占据了她的大部分时间，而灵魂深处的另一个自我，却时时跑出来，远远地看着她叹息。这些，母亲怎么会知道！

12

上大三那年，白玫遇到了子枫。在新年联欢会上，子枫和"貌似"来她学校玩，舞技不佳的她在舞池边上和同学切磋技艺。

"同学！"子枫彬彬有礼地向她伸出手来。

她摆手说："我不会跳！"

"我也不会，咱们只当在舞池里散步吧！"

生命中的必然，大多是由偶然决定的。舞会以后，子枫开始频繁约白玫，当时她身边已有三个男生追求。

其中一个男生是"富二代"，父亲开有一家进出口贸易公司，家里有一幢独栋别墅和几处房产。这位男生不像那些不学无术飞扬跋扈的"富二代"，动辄"我爸爸是某某"，除了吃穿比其他同学高一等之外，为人却非常踏实低调，甚至还有些忧郁。

进一步了解中，他跟白玫道出了心声。原来他父亲在家庭之外，包养了比他大不了几岁的"小三"，"小三"还为自己生下一个不足周岁的小妹妹。父亲的心思除了工作，便全放在"小三"和小女儿身上。自己和母亲住在宽大的别墅里，却很少能见到父亲。母亲和自己银行卡上的汇款，是父亲与他们娘俩最紧密的联系。只要账户上有不菲的进账，母亲从不干涉父亲，她不上班，所有的时间都花在到国外游山玩水、吃饭、聊天、美容院、商场等高消费的场所。

当他责怨父亲时，母亲却说，钱都是他挣的，只要对咱们尽责任，钱足够咱们花的，他爱干嘛就干嘛吧！管得紧了，没准会把咱们扫地出门，还不如这样活得滋润呢！

也许是家庭温暖的缺失，他在情感上对白玫非常依恋，白玫感觉自己不像是跟男朋友一起，倒好像还没结婚就有了一个儿子。她难以想象，跟这样一个男人生活在一起，除了物质生活，自己将承受多大精神的压力。还有他复杂的家庭关系，自己不是个左右逢源的人，这些都让她感到望而却步。

陈子枫比白玫大三岁，是家里的独生子，正在读建筑系研究生，有理想有追求，经过一段时间的交往和比较，白玫感觉他比其他男生出色。而他说的那句"没有我吃的，也有你吃的"，最终使他从几位追求者中胜出。这虽然是句很物质的话，却又是句很男人的话，很有精神的话。

子枫上大学时，曾处过一个女朋友。不多时便发现那个女生向自己提出了各种各样物质的要求。他认为，满足心爱女孩儿的要求，是男人义不容辞的责任。而作为一个女性，若真爱着自己，也会处处为他着想。况且，那时他们还都是完全依靠父母学习和生活的穷学生！他最终放弃了她。

婚后，"貌似"对白玫说："你不知道，子枫看到你第一眼时，就认定你是他妻子！"同样的话，子枫也说过。从子枫父母的态度上，白玫暗暗地感到，自己不合他们的心意。他们都是高级工程师，或许希望子枫找一个同样是高知家庭的女儿，更有共同语言。

和憨厚简单的子枫在一起的那种安全感和归属感，就像冬天里的热炕头，让她感到踏实和温暖。早早地有一个属于自己的家，不想长大以后妈妈还在自己身边指手画脚，使她如鹿渴慕溪水。

怎奈，想以婚姻搭建一所灵魂的居所，就像在阳光下建立的冰屋子，真不知会为自己坚持多久。那时，除了逃离父母的掌控，白玫还不懂这些。

第二天

1

白玫被电话铃声吵醒了。

迷迷糊糊伸手在枕边摸手机，却触到了一张纸——不知何时子枫放下了一张离婚协议书。她有意不看它，把心情转移到电话上。

"好好的一个人，说自杀就真的自杀了。还好，老天有眼，他被救活了！"小佳说。

白玫的盹全醒了。有些不相信地问：

"才几天不见，怎么会发生这种事！为什么？"

"他没说。晚上他父母请客，让咱们都去！"

"好！我还是想不明白，他怎么说自杀就自杀了？咱们这些觉得活着没意思的人，却没有一个去寻死的！"

"可不是，有什么过不去，非要走这一步！"

昨天早上，白玫开机时发现乔杨前一天夜里发来的信息："我一直有爱，我是真的。却无爱所栖。替我转告：我一直有爱。"当时她想，他一定是喝多了，又把夜作成了诗，也没答理他。现在想来，那一定是让自己转告的遗言！

"老天有眼，不让他这么早就离开人间！"小佳说。

"也许是老天看他的罪还没受够，所以才不肯收留他。"白玫

041

想起肖朗托付的事，问道："我想在文化宫找一个二十年前参加过活动的人，你看找谁好？"

"你话题转得可够快，我还没有从乔杨自杀的阴影中走出来呢！"

"昨夜我就想问你，听你鬼哭狼嚎的便忘了说。这事很急！"

"你找李老师吧，他早退休了，不过二十年前应该是他负责文学创作这一块。"

白玫顺利地拿到李老师的电话。尽量不想乔杨的事，情绪一旦被他拖过去，无心再做别的了。电话拨通了，她非常兴奋。把一鸣要找白玫的事和盘说给了他。

李老师沉吟了片刻说："我对他们的印象很深。一鸣是个苦孩子，才华可不让人。不到20岁写过30万字的长篇，在当时的几百号人里是凤毛麟角的。白玫年纪最小，我们都很喜欢她。后来，他们都不来文学社了，多年来也没有联系。"

"一鸣得了重病，不知能不能下手术台，他一心想找到她，了却某种心愿。"

"是这样啊，一鸣这孩子已经够苦了。"在回忆中，李老师把自己知道的和从其他文友那里听到的事讲给了白玫，并给了她一个电话，说这个人有可能知道她的下落。

白玫按号码把电话打过去，没有接通。让她感到踏实的是，电话里传出的不是"电话已停机"的提示音，而是"您拨打的电话已关机。"

离乔杨家聚会的时间还早，白玫没有心情看离婚协议，而是打开了电脑。毕竟在别人的故事中流着自己的眼泪，也比跋涉于自己不堪的心情来得轻松。

2

寻找白玫

疾雨过后，文化宫前的马路上积水已没过了半个车辖辘。由于地势低洼，不时有地势高的雨水灌下来。汽车经过时，翻起的混浊水浪，一波一波漾向文化宫的门槛。

学员们陆续走了，最后只剩下白玫和几个骑车技术欠佳和胆小的人，望着成河的马路发呆。

天已经不早了，白玫狠狠心，挽起牛仔裤的裤脚，推车往水里走。汽车激起的层层浪花，却吓退了白玫的意志，又退回到文化宫门内，脸上露出焦灼之色。

"雨还没有下透，我送你回家吧！"路一鸣不知何时出现在白玫身边。

"你还没走？"白玫像见到救星似的，内心一阵狂喜。

"被李老师叫去谈了会儿稿子。心里放心不下你，想你一定没走，马上就出来了。"

听他这么说，白玫非常感动。以往，他说送自己回家，她都会拒绝。今天，她还真希望有个人陪在自己身边，便没有推辞。只是说："真不好意思，你住得比我还远！"

"这算什么，出力长力嘛！"

他们在水浅的地方骑上车。一鸣一只手扶着车把，另一只手像给白玫一个支点似的搭在她的肩上。白玫有些不好意思，脸一直红扑扑的，不知其他学员见了会怎么想？

白玫没有过像样的恋爱，那么严的家教，也不允许她有这样的想法。敏感的她已隐约感到一鸣对自己的感觉。

她情窦初开，是在上初中二年级时。坐在前排的一位同学，总回头用眼睛找她。开始并没有介意，可他经常看自己，她的心有些发毛。莫不是我没洗干净脸？她掏出小镜子照了照，没有啊！莫不是我的衣服脏了？可它是早上才换过的。衣服的扣子也没有系错啊！

　　有一次，她病了，几天没去上课。再走进教室，那位男生看到她后先是一怔，而后绽开一脸欢笑，眼睛里放出欢快的光芒，好像是说，你终于来了。白玫回味着他的表情。许多莫名的感觉，像潮水一样围拢而来，兴奋、恐惧、甜蜜、羞涩……她不停地问自己，难道这就是爱情？

　　从上幼儿园起，父母便利用关系把她放在重点幼儿园，小学、中学无不是这样。父母认为生源好，孩子便拥有了一个健康成长的环境；师资优良，孩子可以受到最好的教育。长这么大，白玫都被老师夸为好学生。虽不及姐姐优秀，父母听了这话还是很高兴。面对如此甜蜜而又青葱的情愫，她不知是该拒绝，还是任其发展下去。

　　白玫开始躲避他，尽量不让自己与他进行目光交流。虽然，她也喜欢与他目光相触，喜欢那种倏地擦出火花全身像被什么点燃的美妙感觉。只是，恐惧和不安其后没顶而来，还没有能力对抗的她，感到了从来没有过的无所适从。这样的日子又过了半年。这位男生随父母移民国外，白玫的内心也恢复了平静。

　　两个人一边小心地骑车，一边愉快地聊天，时间像被谁克扣了似的过得飞快。眼看还有两个路口到家时，白玫的自行车好像被什么卡住了，车身一歪，几乎从车上摔下来。一鸣手急眼快，一把抱住她。白玫缓过神来，发现自己在一鸣怀里，心突突地跳得失却了节奏。一鸣看她站稳了，放开手，帮她扶起车子，校正自行车把和车身。

白玫开始逃避他的眼神，不小心碰到时，慌乱地像被追逐的小兔子一样跳开。她越这样，一鸣越禁不住用好奇和欢喜的目光审视她。

"我家就在那儿！"白玫停下自行车，指着前面的一排楼房说，"谢谢你送我！

一鸣笑着说："希望总能这么送你！"他说话的腔调很慢，像被后期制作过的电影镜头，眼前的气氛被调和得意味深长。

白玫学着他的样子说："再见！"

拐进楼幢时，她看到他还站在那儿，和在海河边那次一模一样。

这一夜，白玫失眠了。

一鸣看自己时的样子好坏啊，她越不想让他看，他越是用眼睛追逐自己，和她初二时初萌的情愫一样。也许和年龄与经历有关，一鸣更大胆，还抱了她，虽然是在极端的状态下，自己还是被一个男人抱了。还有分手前他说的那句话，"希望总能这么送你"！

想像以前一样扼住自己的脚步，但这一次心情却不听她的了。靠在自己喜欢的男人怀里，仰望星空倾述衷肠的感觉，过去只在外国名著里读到过，现在她也想去体味那种让每个细胞都欢笑的美妙之感。还有回来的路上，一鸣说了他家里的事，善良的她对他产生了深深的怜惜。

一鸣的父亲出身不好，既是资本家又是地主的双重身份，被批倒批臭了。他从懂事后，看到的无不是疾苦和贫困，还有没完没了的别人的白眼。年迈的父亲天天一言不发。身有残疾的母亲则带着他，靠捡拾别人丢下的白菜帮子或烂土豆艰难度日。父亲吸烟，没有钱买，母亲睁着一只瞎眼为父亲到处拾别人丢弃的烟蒂，把烟丝抠出来卷成纸烟。不幸的是，他六岁那年，体弱多病营养不良的母亲因肺结核早早地过世了。

粉碎"四人帮"后，他父亲得到了平反。这时，他也有机会到县城找断绝关系多年的一位亲戚。之所以找他，是因为那人在图书馆工作，他可以到那里去看书。内心的孤独无以述说时，就写下来。天长日久，写作成了他的一种生活方式。

一个装着蜜汁的罐子，难以想象另一只装有高浓度海水罐子的滋味。白玫的爷爷只有她父亲一个儿子，爷爷原来是一家银行的职员，家境殷实。白玫的父亲大学毕业后留校任教，母亲是他的高中同学，大学毕业后不久两人就结了婚。

白玫周围的同学，父母不是高知高干就是家里做生意家境富足的孩子。一鸣的身世，在白玫看来不可思议，难怪她不解地问："这是真的吗？是真的吗？"一鸣嘴边挂着苦笑，无奈地说："我倒希望这不是真的！"

3

这天，白玫学工回来，收到了一鸣的信。

她家住两居室，姐姐住校，一间屋子由她一个人独享。她躲在房间里，一遍遍读着满满的五页信纸，几乎快背了下来。

到工厂学工时的情景又浮现在眼前。许多同学一进车间，不是捂着鼻子，用手指塞着耳朵，就是皱着眉头对眼前的一切充满不屑。浓重的机油味儿充斥于车间的每个角落。工人们一刻不停地在轰鸣的机器旁忙碌，工装裤上蹭满油污，脸上都是汗。

和其他同学远远地躲着那些工人不同，白玫会凑近了仔细观看，有时还会和工人聊上几句。看到一位比自己大不了几岁的青年工人眼皮上溅上了机油，竟也顾上不擦。白玫怕机油流到他的眼睛里，急忙掏出手绢为他擦拭。那位工人冲她憨厚地笑了笑说："别弄脏了你的手！"

白玫笑着摇了摇头："工作的人，永远都是干净的。"

"你心眼儿真好！"青年工人由于被理解和被尊重，脸涨得通红。

长这么大，白玫去的最多的地方不是学校，就是父母的大学，这种地方还是头一次走进来，觉得好奇和新鲜。她对这些像生活在另一个世界的人们，心里油然生起敬意。她想到了一鸣，他或许就在这种环境里工作，或许身着工装裤的工人们中就有他。她甚至觉得若对眼前的人们失敬，即是对一鸣的不尊。

她睁大了所有感官，体味着眼前遥远而又亲近的一切。父母常说的，不好好学习，只能当工人当农民！她以前还认同，现在却感到不可理喻了。父母在文化大革命的混乱中，曾被扣上"反动学术权威"及"臭老九"的帽子，下放劳动改造。那段痛苦的远离课堂及学术的日子，是结在他们心上永远不堪回首的疤。她理解他们。

母亲经常提到在黑龙江建设兵团的一段经历。那时她已怀了白云，天不亮还要下地干活。穿鞋时，脚肿得像发糕，结着冰碴的鞋子又凉又硬根本穿不进去。兵团的人还在一边催促，母亲只得脚上缠上布下地干活，有几次下身出血，险些流产，想死的心都有。

父亲则被自己的学生押到台上批斗，在脸上用毛笔写上"鬼"字，学生们在台下向他投砖头石子儿，里面有许多学生都曾是他喜爱的，对他们精心的辅导，成了"反动学术权威"的罪证。父亲昏倒了，学生们非但不救，竟抬来花圈在他面前焚烧。熊熊烈火烤醒了父亲，他流出了眼泪，为了自己学生们的疯狂，更为自己为什么会苏醒。拨乱反正后，知识改变命运知识创造价值及知识能推动社会生产力的观念重返社会及人们的认知，知识分子得到前所未有的尊重。而在父母的意识中，没有知识使人愚昧的观念更加根深蒂固。

白玫心疼父母，为他们的经历鸣不平。父母教育她的话，她奉为学习的动力。此刻，她已有了不同的看法。工人或农民不能因为他们没有受过高等教育或没有高等学历，就应该被歧视。只要他们为人正直良善，就不应该因为社会分工不同而被轻视。

纯情善良的白玫想，自己是在幸福中长大的孩子，或许应该从父母给自己的爱中掏出一部分来，温暖不幸的一鸣。

澎湃的激情中，她展开信纸，给一鸣回信。她说："让我做你妹妹吧，当你孤独无助的时候，你一定要想到，在这个世界上还有个关心牵挂你的人。"

信寄出后的第二天，白玫收到了一鸣热情洋溢的回信。他在信中说:"你知道吗,妹妹这个词真的很亲切,却又是捆住心情的绳索,毕竟你我没有血缘。我怕管不住自己的心情,事实上我也管不住自己的心情。我不接受你仅仅做我的妹妹,我是不是太贪心了?我想对你表白一件事情,你知道后别骂我。在第一眼看见你后,我的眼睛一亮,心里有个声音一直在说,这就是我爱的女孩儿!你知道,你出现后,我看到的整个世界都变了模样,原来一切都是没有色彩的。二十年多年来,我一直被残酷的现实生活的巨石压着,昏暗而又阴冷,抑郁而忧伤。是你,是你啊,唤醒了我。多想叫你一声,亲爱的,就这么叫着你,让我就这么叫着你,如果能听到你的回应,若此刻死去我也是幸福的。"

白玫的眼睛湿润了。虽然自己不是很理解他,却感到了他对爱情的渴望。他是那么不幸,自己拒绝他,他会陷入怎样的痛苦之中!

辗转反侧之后,白玫遏制不住内心的喧哗,给他回信:"我还是个高中生,一切又来得太急太快,我不知道是该迎接,还是该退却。但是,你的经历又让我禁不住心疼你。"

一鸣回信说:"我曾经说过,你一定要上一所名牌大学的中文系,以后站在一个高处,写出更好更多更人性化的打动读者的文学作品。爱情,有时是催化剂,我想给你这种动力。只是,一个多月你没有来文学讲习班了,你为什么不来,是学习紧张,还是不想见我?如果你讨厌我,我可以在你的视野里永远消失。否则,下周日学习班上课,希望你能来!"

随后的几天，白玫没有收到一鸣的信。不知是他生自己的气了，工作太忙没有时间写，还是他把自己忘掉了。她有些忐忑不安。

4

周日，学校加课。白玫赶到文化宫时，已晚了大半个时辰。快下课时，一鸣让人传来一个纸条。上面仅有两个字：等我。

从文化宫出来，天已经黑了。已是深秋，风吹在脸上并不觉得冷。

一鸣问白玫："我天天给你寄信，那天一起寄出了三封，你咋没回信？"

白玫疑惑起来："是吗？我没收到你的信呀！"

"真的？"

"真的！"

一鸣这才长舒了一口气说："这就奇了怪了，也没有给我退回来的信，今天来时我还想，你也许不理我了！"

"怎么会？"

"是我想多了。"一鸣不好意思地说，"接不到你回信，这几天我吃不好睡不好。有一次我竟到你学校门口转悠了大半天，真想进去找你，哪怕只是看你一眼，或听听你的声音。"

听他这么说，白玫眼里蓦地涌起雾水，心里被一团柔情缠住了。

"信的事就别想了，可能是邮局给寄丢了。"

听一鸣这么说，她也不再多想。

一鸣滔滔不绝地给白玫讲马尔克斯、米兰·昆德拉、乔伊斯等人的作品，白玫很喜欢听。甚至觉得听他讲文学，比听台上所谓作家们讲的更受用。父亲不止一次说过，聪明的老师，会把复杂的道理以简单易懂的方式说给学生；水准不高的老师，会把简单的事物讲复杂了，学生们云里雾里转来转去也不知所以然。

一条小河出现在面前。

一鸣停下来说："在这里待会儿吧。"

白玫顺从地把自行车靠在他的车旁，跟着他往河堤上走。

月亮又圆又亮，像脱了线的氢气球，静静地飘在半空中。宽阔的河面上泊着几只渔船，橘黄色的灯光隐约可见。一切都是静的，只有一鸣和白玫的呼吸声，搅动着夜色。

一鸣透过月色看着白玫说："那天我做了个梦，梦见一个天使飞了来，我一打量，原来是小白玫"

白玫咯咯地笑起来："是你编来骗我的。"

"如果你愿意，这么美好的故事我会永远为你编下去！"一鸣也笑了。

"为了骗我？"

"不，是让你高兴！"

两个人不再说话，一切又静了下来。月亮扒着树枝，好奇地探望着。

一鸣一把抱住白玫，一圈圈旋转起来。

白玫被这突来的举动吓了一跳，咯咯地笑起来，双腿不住地踢腾着说："放开我，放开我！"

一鸣抱着她转得更快了。

"放下我，晕了，求你！"

听白玫这么说，他才把她放到地上。她脚下不稳，踉跄了一下，又被他抱住了。手指抚摸着她长长的头发，举着脸望着天空：

"瞧那儿！"

白玫不知发生了什么事，顺着他的目光望去。

一鸣猛地低下头，一嘴带有男人味儿的笑都贴在她的脸上眼上和嘴唇上。

"又在骗我！"白玫用拳头捶他的背，他却吻得她更欢实了。

白玫不再挣扎，初吻的味道好像含了某种特殊的物质，令她晕眩气短，身子似抽掉了筋骨似的欲飘起来，血压好似陡然升高了，热气从每根毛孔里往外迫散。他的舌尖像一柄锥子，启开她的牙齿，鱼儿一样地在她口腔里游走，最后与她的舌头搅在一起。她笨嘴笨舌地迎接，几次咬到了他。他却像得到了某种快乐的暗示，紧紧裹住她的舌尖，贪婪地吸食。天在转，地在转，她已没有力量拉住越飞越高的自己，一下子软在了他的怀里。他紧紧地抱着她，胸口处像有一团火要把她融化。几滴像露水一样的东西落在脸上，她抬起头，透过月色看到一鸣的眼中泪光闪动。

她不安地问："怎么了你？"

"你知道我从来没有这样过。你接受了我的吻，就是接受了我的爱。爱，对我来说像金子一样珍贵。自从母亲去世后，我再没有得到过。"他叹了口气，使劲搓了把脸，"送你回去吧，你父母该不放心了！"

白玫眼中噙满了泪水，返身抱住他，用从他那里学来的吻来安慰不幸的他。她感觉自己一下子长大了，长大的标志，就是懂得体恤他人。而这份成长，无疑是爱情教给自己的。

在楼群拐角，一鸣又拥住她，情深意长地吻她。她感到他的大手已滑到自己腰际的上面，两个手指正好压在峰峦渐起的边缘，迟迟疑疑地停在了那里，好像不知该不该再向上爬一步。

长这么大，那里还没有哪个男人触摸过，她像守护一个圣洁的家园一样守卫着，因为一旦被心爱的男子碰触，心也像被他拿走了。一种莫名的恐惧扼住了无度泛滥的柔情，虽然有些不忍心，她还是虚弱地说："我父母晚上常出来散步，你快走吧！"

"我想我是离不开你了，真想把你带走！"一鸣说着，手还是向峰峦上迈了一步。

白玫身上像通了电流，从未有过的迷醉之感流遍全身，热热地烤得她神志恍惚。她拉住他的手，催促道："走吧！"

一鸣这才恋恋不舍地放开她，落寞而又孤独。白玫不忍就这么扔下他，走上前勾住他的脖子，吻了一下，才跟他挥手告别。

5

回到家，白玫发现家里的气氛有些不对劲儿。

父亲在灯下看书，母亲坐在沙发上织毛衣。连她一进门爱说的"我回来了！"他们都没应声。父亲看了她一眼，又瞥了一眼母亲，算是招呼她了，并给了她你母亲今天不高兴的暗示。父母就是这样，他们就像一个战壕里的战友，不管是对外人还是对家人，永远站在一起，口径一致。

白云每个周末回来，周日吃完晚饭回学校。白玫对姐姐非常依恋，许多不愿跟父母说的心里话爱跟姐姐说。书卷气很浓的姐姐对她宠爱有加，无论是批评还是指点，都能说到她心坎上。姐姐如果在家，这夜姊妹俩定会有一次长谈。

平时回家晚了，母亲早已把可口的饭菜给她准备好，一进门便端上桌子，还不忘亲亲热热地招呼她问这问那。

今天这是怎么了？

白玫一阵心虚，饭也没吃，径直走进屋子。看到写字台上放着的信件，她差点背过气去，心像木桶一样悬到黑洞洞的井里，不安与恐惧交织在一起。原来一鸣的信都收到了，只是父母没给自己。瞥到信并没有拆封，她心里稍微平定了一些。

父亲走了进来，说道："我去学校接你，老师说你们班早放学了。能告诉我，这大半天你都干什么去了？"

"和同学逛街去了。"白玫扯谎了。去文学讲习班的事她不想说与父母。

父亲没再追问，指着桌上的信说："你面临的任务是高考，我和你妈不希望你把精力放到这上面。我相信你会把一切处理好！你如果没有这个能力，我和你妈会帮你的。"

见白玫点头，父亲脸上透出慈爱，摸了摸她的头，想说什么又止住了。

白玫松了一口气。早恋在班里已不是稀奇的事，有的同学被告发后，老师家长齐上阵，使原本大不了的事虚张起来，闹得沸沸扬扬，意趣全无。父母冷处理的方式，使她感到庆幸。许多话，他们没有直说，态度却很明朗。

没写完作业她便躺在床上，这是上学以来的第一次。那些信都读过了，压到被子底下。一鸣汹涌的激情与浓密的爱意，激荡着她那颗少女的心扉，眼睛湿了又干，干了又湿。紧紧的拥抱，亲吻……都是生命中的第一次。她以前以为，男人女人接吻只是嘴唇相触，没想到舌头还可以探到对方的口腔里，搅动吸食。一切感觉都像过电，让人晕眩迷醉，身心瞬间化成一汪温泉。还有分手前一鸣说的，"我想我是离不开你了，真想把你带走"，不是爱情，哪会有这般似诗如画！父母突如其来的举动，却让她回归了现实，如此美妙的幻境似隔在了世界的那头。

没有拉上窗帘，皎洁的月光把墙壁映得雪白，窗框的影子勾勒在木板地上，一格子一格子的像阡陌一样。盛开在窗台上的苍兰修长的身影嵌于其间，清淡而又静谧，水墨画一样意境淋漓。

白玫赤脚走到窗前，淡藕色碎花的棉质睡衣舒适地包裹着她青春的胴体，披着一层似有若无的光晕。窗外非常幽静，路灯小苹果似的挂在夜色里，像瞌睡人的眼。除了空地上洒着月光，其他的一切隐在暗影里。

白玫想起四岁那年，母亲领着自己撑着一顶太阳伞在一条安谧的小街上走。她仰起小脸天真地问："妈妈，咱们的伞是天蓝色的，为什么落在地上的影子是黑色的呢？"妈妈说："若地面是镜子，就能照见颜色了。可咱们脚下是水泥地，伞遮住了太阳光，地面不反光，因而影子才是这种颜色。只是它也不完全是黑色。有些大道理你上学后就懂了。"再想起自己和一鸣在幽暗处亲吻的样子，她觉得黑暗也是个好东西，否则，那些柔情蜜意都往哪儿藏啊！

小路那边出现了两个人影，相依相偎地走，近了，更近了。停在一幢楼门前，拥在了一起，很久才分开。一个人向回走，另一个人站在原地。走开的人像被一条皮筋拉了一下，又弹了回来，两个人又紧紧地拥成了一个人。

白玫认出其中那个女孩儿是自己的邻居小莲。她比自己小两岁，常来找自己玩儿。母亲知道后，说她不怎么正经，不许再跟她接触。小莲的父亲"文革"中遭到不公正待遇，从此嗜酒如命，母亲承受不起打击上吊自杀。她还有两个哥哥，因缺少调教，一个因打架砍伤了人，关进监狱；另一个吊儿郎当，高中没毕业就到社会上混了。小莲常跟白玫说自己在家像一只小狗，除了饿不着，没人关心，真像歌词中所写的，没娘的孩子像根草。她常跟男孩子们在一起玩，上到初中便退学了，到处打零工为生。白玫听了母亲的话，回避小莲。此时，她理解了小莲，她需要关心，在家里找不到，只得寄托于外人。

她闭上了眼睛，从他们的感受中体味属于自己的那一份。再睁开眼睛时，楼门前除了满地的月光什么也没有了。恍惚中，似有了古时候那位酷爱下棋的人"洞中无日月，世上已千年"的感觉。缱绻缠绵的情愫仍不肯收回去，像一张大网罩着她。

一鸣是否也在对这轮明月凝神呢？她问自己，我还没有说过爱他。近三个月来脑子里反复出现一个人，为他快乐，为他忧伤，不是爱又能是什么？还有被他紧紧拥吻抚摸时的陶醉，身心都融化了，天地好像也不存在了。如果这不是爱，还有什么让自己如此销魂的？

父亲说的那些话，又似钉子一样敲来。她感到心神不宁。折腾了半夜，两难中，她终于想出了一个折中的好办法。

6

白玫刚在一间平房前停下，门已从里面打开。一个期待已久的男人，欢天喜地迎了出来。

"这个早晨，我一听到自行车响就以为是你，这是我第八次开门了。"一鸣一把将白玫拉进屋。迫不及待地把她裹入怀中，边吻她边喃喃地说，"我的心肝儿，见不到你，又不能通信，一寸相思一寸灰啊！"

她是怀揣一个决定来的，而一鸣仍蒙在鼓里，她不想刚跟他见面，就被他看出来。

打量着这间不足十平方米的宿舍。门边放着一个书架，书架和床之间放了个字台，窗前支着取暖兼做饭的炉子，家当就这么简单抑或简陋。这样的景象，她在小说或电视里见过。没想到离自己这么近的一鸣，却生活在这种地方，令她心疼。

"家里要什么没什么，随便吃点吧！"一鸣一脸的歉疚。

白玫想起书包里的东西，一股脑地掏了出来。碰到一件物品时，迟疑了一下，手松开了。

"不瞒你说，我还是第一次吃海螃蟹！"一鸣把蟹子放在鼻端，眼睛眯得比床角上的玩具"流氓兔"还要可爱。

白玫的心里很不是滋味，对"借钱买海货，不算不会过"的天津人来说，每年不吃几次肉肥黄满的海螃蟹，好像这一年白过了。可对一鸣来说，竟如此稀罕。还有母亲，她听说自己要参加元旦的同学聚会，特意到早市买来螃蟹，煮熟了让自己带上。她若知道自己是来找一鸣的，一定会把鼻子气歪。

我的心灵和我的一切

我都愿你拿去

只求你给我留下一双眼睛

让我能看到你

一鸣停止吟咏，深深地喝了一口白酒，在长长的吻中，将酒液丝丝缕缕地灌入白玫的口腔。看到她吐了吐舌头，手在嘴边不停地扇着，他在一脸生笑中又吻灌了她好几口。直到白玫呛得透不过气来，他才乐不可支地停下了这种近乎疯狂的举动。

在我的身上

没有不曾被你征服的东西

你夺去了它的生命

也就将它的死亡携去

如果我还须失掉什么

但愿你将我带去

只求你给我留下一双眼睛

让我能看到你

　　他烫人的目光与动人的诗句，使白玫心中摇曳的爱情之花，有些笑语声喧。她把脸侧向一边。

　　"你怎么哭了？"一鸣不知所措地问。

　　"我是高兴的！"

　　一鸣的眼圈红了，说："真是个纯洁的天使，遇到你是我的福气。来，让我好好抱抱你。"

　　白玫听话地偎进他的怀里。他结实的身体热得像火炉，手烫贴地从她的颈部一寸一寸地向下滑，丰满的峰峦已被他占领，他一改温柔的姿态，变得狂野粗暴，喘着粗气的吻和"我爱你，我是真的爱你"的呢喃，灌得她透不过气过来，胸脯像涨潮的波涛急剧起伏。

　　恋爱中的花季少女，不愿意接受心爱的男子抚摸那是骗人的。最初体验这一切，如果说没有恐惧感，对矜持羞涩的少女来说也是不真实的。泪水流了出来，心被他摘走了的想法一直拖着她，欲阻止他的那只手却怎么也抬不起来。毕竟今天以后，她想在两年的时间里不再联系他了。

　　看到没有遇到阻兵，那只手变得妄为起来，爬上长满树丛的丘陵，将够到盛满温泉的幽谷时，她的肢体羞耻地震颤了一下。母亲说小莲不正经，是不是就是指这个？她的意识惊醒了，那里是不能让男人碰的，就是最爱的男人也不行，起码现在还不行。她猛地抓了他的手。

"我想你，想疯了！"他的脸由于激情被阻塞涨得通红，声音里充满了哀求。

"我还没有扛住未来的能力！怕！"白玫不敢看他窜火的眼睛。

"是女人，总要经过这一步的！"

她坚决地摇头："等我两年，好吗？"

"我的天！"一鸣抓着自己的头皮，"今天我等你时，每一秒钟都像一年。你竟让我等两年，想熬死我啊？"

"你若真的爱我，就等我考上大学。其实，你的那些信，是父母截留了。父亲专门找我谈过话。我不想让他们伤心。"

"我会等你，会的。我到外面透透风，冷静一下。"不想看到的事，终于发生了。一鸣没有想到白玫会作出如此决定，神情落寞地走出屋子。

白玫从书包里掏出一件东西来——一个装有物品的牡丹荷包，快速地写了张纸条，用头上的发带把它们扎在一起，放在写字台抽屉的最外面。这才从书架上拿了本书，边看边等他回来。

她之所以这么做，是想等自己离开后，给他留下一个珍贵的念想儿。只是，她并不知道这一举动，会给自己的未来埋下一粒怎样的种子。

从一鸣宿舍里出来，天色已近黄昏。西沉的太阳，像一张失血的大脸，垂头丧气地挂在天边。这大半天，白玫也消耗了太多的心力，委靡得像一朵开累了的雏菊。

两人都默默地骑着车，一鸣的手依旧搭在白玫肩膀上，只是有些轻飘，不似以前那么有力。白玫在那只手上摸了摸，像是安慰又像是表达歉意。

　　经过他们第一次拥抱接吻的河边，白玫停了下来。一鸣心领神会地跟着她走上了河堤。天已经黑透了，天上的星子眨着迷离的眼睛，没有月亮。河水已经结了冰，没有打渔船泊着。

　　"对不起。"白玫说。

　　"应该说对不起的是我。"一鸣说着，无比温柔地把白玫搂到怀里，"不过，我还得感谢你，螃蟹的味道我一辈子都忘不了。那是你的味道，虽然——"

　　白玫知道他下面想说什么，截住他的话说："我留了样东西在抽屉里，我的心情都在那里了。"

　　一鸣什么也没说，紧紧地抱住她，像抱着即将失去的宝物一样，一直不愿放手。

　　白玫说："回家太晚，我父母该不高兴了。"

　　"我爱死你了！"一鸣说着，在情意绵绵的拥吻中撒开了手。

　　"我——也爱你！"白玫还是第一次说这样的话，有些难以启齿。

　　河堤上的光线昏暗，白玫却不敢看他的眼睛。河岸上风很大，发出呜呜的响声……

7

白玫给李老师介绍的那个人打电话，这次很顺利地接通了。电话里传来一个女人的声音。听她说要寻找白玫，爽快地说：

"明天上午咱们再联系好吗？我正在外面谈事，不得说。"

明天就能得到那个白玫的消息，向肖朗交差，白玫感到兴奋。想到即将参加乔杨的聚会，内心却一片茫然。

乔杨自杀已不是头一次了。他上初中二年级时，也曾自杀过一次。过了这么多年，又重蹈覆辙，不知是什么原因，让他对死亡这般痴迷。

贾平凹说："朋友就是磁石吸来的铁片、钉子、螺丝帽、小别针，只要你愿意，从世俗的任何尘土里都能吸出来。"不过她想，朋友不在多，而在精，留下几个交下了岁月交下了情意的朋友，在关键时刻一个会顶若干个。

乔杨算是白玫的这样的一个朋友。甚至不止。

8

说到乔杨，白玫还是通过小佳认识的。

白玫结婚时，本不想大摆婚宴，见了来宾鞠躬，举着酒杯满桌敬酒，逗新娘的坏小子百般戏耍，活像个小丑。当时，她想偷偷地躲到国外云游一番，既开心又浪漫。怎奈子枫的家人不同意，说人生大事怎么也得热热闹闹，何况这么多年为了亲朋好友家的喜事掏了不少份子钱，现在也是回收成本的时候了。

父母劝她，别为这点小事刚过门就跟婆家闹僵，以后的日子还长着呢！她便不再为此事坚持。子枫找了几个司仪都不满意，不是感觉刻板做作，就是主持风格套路太老，没新意。

小佳打来电话，问白玫的婚事准备得怎么样了。她随口说了一句，就差子枫家人中意的司仪了！小佳一听，说，我把老邻居的孩子乔杨介绍给你吧，别看他年纪轻轻，做司仪的活儿好着呢。他是个诗人，小说写得也非常棒，把写作上的才情发挥到婚礼主持中，太小菜一碟了！

也许是感觉上有某种相系，和乔杨熟络后，他常在心情不好的时候给她打电话，说心里话从不遮掩。安慰、劝导、分析他都不要，只要白玫认真地去听就行。

半年前，白玫想离婚，拉动那根导火索的人就是乔杨。

那天，白玫和小佳在乔杨家小聚。他刚离婚不久，很需要朋友们来排解不堪的心绪。每次聊天，飞涨的房价是大家必聊的话题；即使聊别的，可说着说着便自然而然地转到了这里。

"活在底层的老百姓太苦，从嘴里抠了大半辈子，都不见得有个自己的窝！有关部门却总拿国外的房价和国内比，他们怎么不比收入，不比福利，不比……"一说起这些愤愤不平的事，乔杨那张俊朗的脸便铁青起来，酒无形之中也喝多了。

"你的房子算是买着了，搬家有三年了吧？"小佳问白玫。

"不卖房，涨价有什么用？一旦把房卖了，再买房时不也水涨船高了？不过，到现在我还没看到房本。"白玫说。

"哼，没准他——"乔杨话说了一半，把另外的半句就着酒咽了下去。

"没准什么？"白玫的好奇心被钩了起来。

"咱们喝酒，多谢两个姐姐在我最痛苦的时候陪我！"

见她没端酒杯，小佳催促乔杨说："你就直说吧，不就是一种可能性嘛！"

"那我说了，我可真的说了？"乔杨虚张声势地挽起了衣袖，像要跟谁去拼命似的，"没准，房本早就是别人的名字了！"

"不可能！我从20岁就跟着他。十年来才挣了这么一套大房子。他心眼儿再小，也不可能做伤害感情的事。他绝不是那种人。"她嘴上这么说，心里却不服气地想，即使你是一个离过婚的人，也不该把所有婚姻内的人想得那么不堪。

"白姐，你太单纯了。现在最摸不透的就是人，除了自己，连父母儿女都不能信，没准哪天一验DNA，才发现不是亲生的。"

"你给我个理由？"

"房本真是你和他之外的名字，原因有三：他有外心，你有外心，或他担心你有外心。"

"离婚？我想都没想过！"

"你没想过，不代表他没想。一定事出有因。"

白玫在生活上，一直大大咧咧的。包括去银行存取款，买代步的轿车，都是子枫一手操办。即使像买房这么大的事，也只是跟他一起选了地点，选了房形，而像签合同付款之类的事，没再过问。

从乔杨家回来，她问子枫："咱家的房产证办了没？"之所以问他，只是想印证乔杨感觉的荒谬。

"办了！房子是我爸的，这事你就别操心了！"

没想到这次他回答得这么痛快。

白玫惊呆了，以为他在开玩笑，便问：

"这是什么意思？难道房主不是你？"

"房子是我爸的，就这么简单！"

子枫说得轻描淡写，在她却是如雷轰顶。作为妻子，家里发生了这么大的事，自己却浑然不知。亲情被现实狠狠地扇了一记耳光，自己输得连属于自己的房子都不剩了。

无厘头的是，白玫竟不知道是什么诱因导致他如此绝情的。

9

白玫真的懵了。

相处了这么多年，她一直把子枫视为可以托付一生的人，当做心灵上温暖的热炕头。现在想来，与其说是太相信他，不如说是太相信自己的感觉。

居家过日子，夫妻间有点小矛盾是常有的事，动辄转移财产便非同寻常了。她采访过很多男人女人间的爱恨情仇，也很少有为了一点小事，早早地把财产转移了的。

白玫这个生活在精神世界中的女人，这时却傻了眼。窝屈地想，离婚算了。既然他无所顾忌，自己也没有什么可记挂的，带上儿子一走了之。可又一想，走，说起来容易，一个女人带着尚幼的孩子，连个住处都没有，这路可让自己怎么走，往哪里走？西哲说，"房屋是灵魂的居所"，没有一个稳定的栖身之处，灵魂有所皈依又从何谈起！

中国人租房住的观念之所以淡薄，除了"千鸟在林，不如一鸟在手"的传统意识，主要是我们租房时租住的是私人的房屋。其间经常出现种种问题，大家才不愿意租房，这与西方租住国家提供的房屋之间有着本质的区别。假如中国能像西方国家，有一套完善的惠民租房机制，价格便宜，国人有什么理由不去做这样的选择！而像离婚这样的事，也不会因为无处容身而委曲求全，抑或闹得鸡犬不宁了，主要原因还是和各种保障机制有关。

每个人都制造谎言和骗局，每个人都生活在谎言和骗局之中，这就是当今追名逐利物欲横流的社会现状，良知都可以两两寸寸地计较，机巧无处不在。什么不可以拿取？什么又不可以出卖？

一则抗日烈士墓被房地产开发商铲平的消息，她看后，心痛得几乎流出了血来。想到了儿时生活过的小村，和村里被日本鬼子屠戮的包括姥爷在内的三十多个村民。他们若在天有灵，会怎么想？而那些革命烈士，若在天有灵，他们会怎么想？她甚至设想，如果有幸生活在战争年代，有幸做了一位为自由而战为真理而死的烈士，如果能预知身后的一切，还会以自己的鲜血，来换取无数人如此这般的生吗？

草叶上的每一滴露珠都已不再纯净，何况自己的家事！白玫不想跟父母讲这些窝心的事，怕他们担心，便说给了小佳。

"他做的真够绝的。"小佳重重地叹了口气，"离婚，对你写作是件好事，会多一重对婚恋、家庭、社会、人性深层次的理解与思考。只是，现在的房价，是你一个以文营生的小女子承受得起的吗？还有孩子，你一个人带着他多难啊！他不给你孩子怎么办？离婚的成本太高！能不离，就忍了吧！不离，还有个住的地儿。真离了，居无定所，你还哪有心思写作，岂不更苦了！"

小佳的话说得实在，这些是白玫在气头上没想过的。

小佳家有四个孩子，她是老二，上面有一个哥哥，下面还有弟弟、妹妹。母亲没有工作，家境可想而知。高中毕业后，她没考大学，到一家搞五金批发的小商店工作，老板见她聪明文静，让她做了一名出纳。几年间，小佳利用工余时间，自学了会计学的大专、本科课程，拿到了文凭。在读本科期间，她也交了一个男朋友，是她的老师，他们很相爱。半年后，她结婚的对象却是一位高干的儿子，调到了文化单位工作。

白玫曾问她为什么这么做。开始小佳闭口不谈，后来才松了口。

她说："这是结在我身上的疤，一想起来就痛。那个大学老师，家在贫困山区，他排行老大。上有老下有小，若跟他结婚，我们的生活质量永远和他的家人平分，那剩给我的还有多少！跟他谈恋爱时，连买两串糖葫芦都要我掏钱，这样的男人我还敢要吗！我现在的丈夫，以前一直追求我，我跟他没有多少共同语言，一直没同意。和这位大学教师接触后，我觉得还是务实一些。我丈夫的父亲是个高干，当时我们还没结婚，他两居室的住房已经有了，这在当时的天津是少有的。他父亲还帮我换了工作，包括后来妹妹、弟弟的工作，也都是他父亲给找的。"

"你感到幸福了吗？"

"幸福只是个形容词，你感觉它有就有，感觉它没有就没有。就这么回事！"

"可是——"

小佳打断了她的话："你可是什么，我当时已经想得很明白了。我虽然跟大学老师很相爱，一旦结了婚，爱情也会被生活的琐事磨穿，最后什么也落不下；跟我现在的丈夫结婚，虽然没有爱情，起码有宽裕的物质生活，我的家人也会从中受益。爱情是什么，其实就是像露珠一样的东西，经了风吹日晒它就滚落了蒸发了，经了现实生活的打磨它就灰飞烟灭了。"

"爱情不食人间烟火。"

"对，爱情食不得人间烟火。可是，生而为人，谁又离得了人间烟火！爱与不爱，最终结果都是不爱，何必不现实一些！"

小佳说这些话时，白玫刚上大学不久。记得当时，还和她争论了许久，后来不想也步了小佳后尘。生活就是这么现实，幸福与不幸，只有经过了方可知道。她的婚姻一直不幸福，对婚姻的理解要比白玫深刻得多。

乔杨所说的，除了自己，连父母和儿女都别信，有些言重；从另一个角度上看，也有他的道理。

白玫用一个"忍"字，把半年前的离婚念头注销了。只要不把自己赶出家门，她会抱着痛楚与伤害，一直忍下去。不过，她仍有些看不起自己，想当年那么有性格有血气的一个人，今天为了栖身之地，竟委曲求全成这副德性，尊严与尊重黯然伤逝。身为女人，还有什么比这更没脸示人的呢！做物质女人，是自己一直所不屑的，这时才感到多么幼稚荒唐，甚至可怜可悲。

出租车刚拐进乔杨家的小区，她的眼前被一团雾霭遮住了。泪眼模糊中，看见身材高大的乔杨就站在楼下，身边是他的父母、女儿、小佳及他的哥们儿"三句半"。

10

白玫急走了几步，也不管众人的目光，一下子将乔杨抱住，像一个心爱的宝物失而复得一般，生怕手一松他又不在了。

"兄弟，再不让你丢了。再不。"她的声音有些哽咽。

"白姐，我这不挺好嘛！"乔杨口齿有些不清，高大的身子有些摇摇晃晃，搭在她肩上的手像面条一样没有力量。想必大量的安眠药和煤气双料杀手伤得他不轻，虽逃开了死神的魔爪，却没有逃脱被残害的阴影。

"只要我还有力量，就一定要拉住你，再不让你滑脱到还不该去的那个地方。"她心里的滋味难以言说。远处闪烁的霓虹灯一下子在眼前碎开了，一片片地轰然落了一地。她的心被那个残酷的字眼儿灼伤了。

"死亡是枷锁，也是打开枷锁的钥匙。就别在我们每个人的腰间，没啥大惊小怪的。"乔杨的声音有些含混，大概意思还是能听清楚。

"走，吃饭去！这是个该庆祝的日子，庆祝咱们的老乔又重新回到党和人民的怀抱，脱离组织多孤独啊！""三句半"说着，过来拉乔杨。

在单间里落了座。白玫打量着乔杨两岁的女儿，圆脸尖下巴，很白净，长得很像乔杨，大眼睛一闪一闪的很可爱。抱过她，心里的母性泛滥开来，在她小脸上亲了一口，她没有躲闪，而是有些惊恐地打量着白玫。她心疼地把她抱紧了。父母离婚，真不知对小小的她伤害有多大。

"叫白妈妈！"乔杨看女儿时，眼神中团满了温柔。

小丫头羞涩地扎到白玫怀里，传神的大眼睛却一直望着她。

"叫白妈妈，叫！"乔杨凑到女儿面前，鼓励她。

"妈妈——白！"小丫头怯生生叫了一声，声音稚嫩得好生让人怜爱。

在场的人都笑了起来。

乔杨的母亲见状，冲孩子拍了拍手。孩子笑开一张小脸，展开双臂。白玫将孩子递给她。很久没抱过这么小的孩子了，还真怕自己一不小心摔了她。

"前天晚上，我洗过澡，觉得很累，便靠在卫生间的暖气片上休息。暖气片热乎乎的，我感觉从来没有过的舒服，竟产生了幻觉，想自己若在这种温暖感觉中一直睡下去多好，就一下子绷不住了……"乔杨平静得像在讲别人的故事，他母亲则抱着孩子走到窗边，去看窗外的夜景。"我找了一身喜欢的衣服放在旁边，好在大家料理后事时给我穿。用酒送了80片安眠药，瓶里只有这么多。觉得劲头还不够大，死不了就更麻烦了，就打开了煤气。迷迷糊糊中，我给几个朋友发了信息，还给'三句半'打了电话，对他交待了些事情。他问我在哪儿，我怕他找到就谎称在洗浴中心。关了手机，在一个本子上写诗，后来再看，许多笔画都重叠在了一起，乱乱的猜不出是什么了！昨天下午，一直联系不上我的父亲和'三句半'来到家里，把门踢开，发现我还喘气。他们打开窗子透风，把我抬到窗前，后来我竟然睁开了眼睛，连医院都没去……"

"以后再发生这事，我托付在座的诸位，你们把他的事料理了就得了，什么也别告诉我！"乔杨的母亲扭过脸来对大家说，声调冷得好像乔杨是别人家的儿子。她怀里的孩子一直很安静，或许也感到大家在说一桩非同寻常的事，吓得不敢淘气。乔杨的父亲，坐在一边默默地抽烟，一声不吭。

每次跟乔杨见面，他总免不了提他的母亲。他不提她，她的电话也会追打他，俨然像她放飞的风筝，要时不时地提一下手里的线绳，知道自己还控制着他，或者让他知道自己被控制。

乔杨的母亲是一家没落的大户人家的孙女，能说会道，处于强势。他父亲出生于一般工人家庭，生性木讷老实，不管是家务事还是教育独生子上，逢事依着妻子。怒不发，怨不言，这么多年一直是这样。乔杨评价他们说，男人不像男人，女人不像女人；父亲不像父亲，母亲不像母亲。

在这种极度压抑缺温少情的环境中长大，别说乔杨，就是任何一个人的心灵也会变形。乔杨婚姻的离析，有他们夫妻间的因素，也有一部分来自时时插手于他们间的母亲。

他曾说，母亲对他的爱是残酷的。当时，白玫听了不是很懂，爱到了残酷，那又是怎样一种形式的爱的表达！后来，听了他讲的一些小事，她似乎有些懂了。

不久前，母亲要他赶快去交医疗保险金。

乔杨说："我刚还完房贷，手上没钱！"

"没钱，你给我借去！"母亲喊道。

乔杨伤心地落泪了。

每年的医疗保险金才几百块钱，怎么会没有，只是他多想听母亲说一句："儿子没事，妈给你交上！"像这种在别人父母那里最普通的一句话，在他这里从来都要不到。母亲不疼爱他，不会提醒他交医疗保险；若真的疼他，怎么这么一句体己话都说不出！乔杨自始至终都不明白这是为什么。

小时候，乔杨和同学一起做功课，同学早早地做完了，乔杨却没有。母亲端着几个煮熟的鸡蛋走了过来，看到乔杨没完成作业，给了他的同学两个鸡蛋，没给乔杨。乔杨的眼里涌出泪水，不明白母亲为什么对别人家的孩子永远比自己好。母亲却气愤地说，你还有脸哭！乔杨知道，自己哭的不是没得到鸡蛋，而是没有得到母亲亲手把鸡蛋递给自己时的感觉。

他因为淘气，学习成绩不好。母亲常把他关在小黑屋子里，任其在里面大喊大叫，也不把他放出来。年幼的他吓得常幻觉幻听，无论走到哪儿，或正做什么，猛一抬头，恍惚间总能望见母亲的那张大脸挂在眼前，立时一身冷汗吓了出来。

"昨晚，我做了个梦！"乔杨的母亲看了白玫一眼说。

"妈，别说！"乔杨有些急了。

"有什么不能说的！"

"三句半"的目光也瞄向白玫，似笑非笑。"三句半"不是他的真名，他说话总像三句半里最后的半句，逗得大家哄堂大笑，白玫便给他起了这个绰号。她心里有些嘀咕，她的梦莫非和自己关？

他母亲终于什么也没说。

这顿饭，大家吃得都很压抑。为了放松心情，别了乔杨父母，大家去KTV唱歌。

坐在车上，小佳贴在白玫耳边说：

"乔杨母亲说的那个梦，在场的就你不知道！"

"什么梦？"

"她梦见你和乔杨结婚了。"

她无可奈何地笑了："不过是一个梦，哪儿对哪儿啊！"

"'三句半'当时却说，靠谱！"

"梦里的事，在现实中都是反梦，是不可能发生的！"

"那也没准儿！"小佳笑了。

唱歌时，白玫还在想小佳的话。乔杨的母亲她是第一次见，怎么会梦到自己，而且还是这样的梦！难道乔杨对她说过什么，潜意识里才有了这种想法或担心？

乔杨唱了一首郑钧的《门》。

白玫还是第一次听乔杨唱歌，他声音有些嘶哑，站在屏幕前松松垮垮的，倒把这首歌演绎得很到位。他欠佳的生活状态，却拦不住随处可以挥发的才情。白玫想，他如果生长在一个温暖的家庭中，无论是当作家、做演员、主持人、说相声抑或是唱歌，只要认准一条路走下去，一定能成功。他的艺术感觉及逆向思维，是那些被驯化了的看似正常的人所没有的。不过，也许只有在这种家庭氛围中，才造就了这样的他。

那道门已经被破坏，欢乐再也回不来……和你在一起多美好，就算什么都得不到……

乔杨反复唱着。一个死而复生的人，一个几乎迈过了罗生门步入阴森的魅影重重世界里的人，对门的理解，对美好的事物因破坏而失去的理解，要比一般人深刻。否则，乔杨也不会宁要想象中的那个世界的温暖，也不要现实中的这个世界的缤纷了。

有文学或有艺术情结的人，其实很多是从小被幸福遗弃的孩子，由于梦想的渴求太多，长大后又被现实生活冷落。孤苦无依的状态，想象力的触角伸得很长，以此来弥补在生活中难以实现或难以得到的。

痛苦尖锐的碎片激到白玫脸上，溅入瞳孔，泪水又流了出来。今晚饮了多少泪水，她数都数不清了。她恨自己连着鼻子和眼睛的三叉神经为什么这么敏感，有些事即使看明白了，也做不到铁石心肠或无动于衷。泪水中百分之九十九是水分，而那百分之一中一半以上却是盐。她认为自己打一落生，泪水中的含盐量一定像死海一样高，否则，怎么这么爱哭！

小佳凑到她耳边说："有件事我没告诉你。"

"你怎么总有事告诉我？"白玫恹恹地说，心情仍沉浸在无以释怀的情绪中，对她的话有些心不在焉。

"那次你发现房屋产权果然转移了，乔杨知道后说……"

音乐的声音很大，震得白玫没有听清后面的话，她也没再追问。

11

白玫回到家，开门时听到楼上"貌似"的吼声。接着，是果果的尖叫："这么晚还不让人睡，你们有完没完？"

她支棱起耳朵，踮着脚往楼上走，刚站到他家门外，就听到刘媛嘤嘤的哭声。她有些鄙视自己的行径，自己家已问题百出，还幸灾乐祸人家的鸡吵鹅斗。赶忙回到自己家里。一切都是她走前的样子，可见子枫没有回来过。

如果是在过去，她会打个电话给他。知冷知暖的那一声惦记，总会让人筋骨舒服的。而现在，一堵冷漠的墙横亘在两个人中间，多关心对方一句，似乎对自己又多了一道伤害。

一周没见儿子蛋蛋，白玫非常想他。自半年前发生那件事——发现房本不是子枫的名字不久，她父母那里也接到了一封匿名信，他奶奶家她再也没去过。冰儿告诉她此事时，她都不敢相信自己的耳朵，信里的内容是描述自己和几个男人的鬼混的。滑稽！无聊！可憎！母亲见信后气得几天吃不下饭，睡不好觉，父亲也犯了血压高，一提自己的名字就长吁短叹，沉默不语。

父母搬家不久，连白玫都说不清地址，除了子枫一家不会有外人知道。她不能不怀疑这件见不得人的事是他们干的。信里所讲的那些事，与自己又有什么关系！即使有关系，也应该坐下来跟自己谈，他们下作的行为，她感到不能原谅，不可原谅。

类似的信件，上班的第二年白玫也收到过，那是她最不愿触及的一段经历。当年若不是有子枫跟她站在一起，真不知自己怎么能跋涉过来。

当时，她在一家杂志社工作。一位结婚多年的男同事总爱跟她套近乎，除了工作上的事物，她很少答理他。自我感觉良好的他，曾对人说追女人他很少失手，不想在她这里却碰了钉子。或许她的冷漠刺激了他，单位里收到了针对她而写的污言秽语的匿名信。不仅如此，还寄给了子枫。共有六七封之多。刚参加工作，她也没有得罪过谁。若有纷争，不过是工作上的观念不同，也不至于升格到对自己作风上进行莫须有的攻击。

单位领导无心管这些破事，同事们也没在她面前说什么，可对她这个才二十四五岁的女人来说，还是感到奇耻大辱。确信就是那个人所为，因得不到她，以为伤害了他的自尊，便用这种最猥琐的方式诋毁她的声誉！

白玫无心再去上班，蛋蛋身体不好，便以此为借口不去上班，在家做起了自由撰稿人。而写长篇小说，却又起自另外一件更为不堪的事。在一些表格里，她之所以填写假的个人信息，是吃过亏之后，给自己留下了一个自我保护的心眼儿：现在最不可信的就是人！

对当年单位里的那些匿名信，白玫从未怀疑过是子枫所为，但是现在她却不那么想了。婚后，她身边仍有不少追求者。这似乎让他感到了不安定，他曾提醒过她，既然跟他结了婚，就一心一意地过日子。

有一次，因家庭琐事拌了嘴，白玫一气之下从家里出来，看到天已黑了，天又冷，无处可去，便走进了住地附近的一家电影院。想在那里待几个小时，等心情平定了再回家。不想，正好碰到了好久没见的一个大学同学，便坐在一起天南海北地聊天。电影散了，跟他一起走出来，却看到子枫正站在电影院门口，冷冷地盯着她看。回到家他没再提及此事，他看她的目光中却有一种可怖的尖利。

依白玫的性格，自己堂堂正正清清白白，没必要像做了亏心事似的低声下气地跟他解释。这却成了他心中的一个死结，对她的误解越积越深。不过，像匿名信这种登不得大雅之堂的方式，不但伤了她，还牵累了自己的父母。她一气之下，不再登子枫父母家的门，他们也没打电话来叫她过去。这让她感到不可思议，更感到是他们理亏，否则，像这么不正常的事，身为公婆的他们怎么连问一声都没有？

一切还是被打破了。子枫把房产早早地转移，这种苦楚白玫都忍下了。他却如此绝情，追着跟她闹离婚，这里一定事出有因。

12

"乔杨说什么了？歌厅里太闹，我没听清。"白玫给小佳挂电话问。

"说你离了婚，他接着！"小佳的声音里含着被窝味儿，浓浓地呛了白玫一口。

"宝儿，谁的电话，这么晚了……"话筒里隐隐传出一个男人声音，听那口吻一定不是她丈夫。

"打扰你了！"白玫说。

"哪儿的话，咱姐俩谁跟谁啊！"

"宝儿……"男人的声音哼哼唧唧的，暧昧得发腻。

"啊呀，你这人真是！"小佳发嗲地叫了一声，像是甩开那边纠缠她的手臂似的，"他说得很认真，不像是玩笑！"

"我不怕她，把她叫过来，一块儿玩儿嘛……"男人说。

"哼，也不怕被浪风抽死！"听到哼哼唧唧的声音变得更加放肆，白玫骂了一声，把电话挂了。

小佳的私生活混乱成这样，让白玫感到剜心。电话里充溢的肉欲，佐证了小佳曾说的，孤单虽然是可耻的，而不孤单的孤独却充满无耻。小佳五年前暗自买下属于自己的公寓后，那里便成了寻欢作乐的窝儿，在她床上躺过的男人几乎能装满两辆大巴车了。

白玫曾开她的玩笑说："悠着点，醉酒驾车，大闯红灯，小心吃不了兜着走！"

"那些人大都是网络上钓来的，玩过一夜，在街上撞个正着都像不认得似的，谁也不关谁的事！那些生意上的伙伴或熟人就不同了，年轻的是有求于你，年长的是我有求于他，用身体投资是性价比最好的方式。生意做成了双赢，做不成也不亏本。相比之下，还是和陌生人玩要好得多，不带任何功利，不拖泥带水。你也是，天天面对电脑，放着网上那么多寂寞的种鱼干吗不钓？"

"我没有兴趣！"她有些恼火地说。

七八年前，白玫因为好奇泡过一段网络论坛，发现大都是一群寂寞无聊的人，话题大多也都围绕着不三不四的内容，她便不再聊天了。她不是性冷淡的人，也不是没有想男人的时候！

　　"一个女人一旦不需要男人解决生理需要，一个女人自渎时，脑海中再不幻想任何男人，这个女人对男人已经彻底失望了。"小佳说。

　　"你的心态已失控到极端了。"白玫不屑地说。

　　"我听有人这么说：'一个女人和男人睡过一次觉，她就会继续在这个男人愿意的时候和他睡！'为什么不可以反过来？"

　　"得了吧，别像女斗士似的拿着一顶红布去战那些只想交配的公牛，他们若真是有志向想成大器的男人，也不会把精力花在这上头，跟这帮平庸之徒较劲，你的痦子岂不长在了脚底板上，点儿太低了！要知道只有我们自己的心中装着一个丰富多彩的世界，身外的世界再世风日下，也影响不到我们！"

　　随着年龄增长，小佳的许多观念再也影响不到白玫了，虽然有些地方她们还是很合拍，这并不说明他们步调一致。

　　白玫吃了两粒安眠药，逼自己躺到床上。她想，这个时候儿子若在身边，只消看一眼他干净的小脸，世界就会一下子美好起来了。迷迷糊糊中她搂过枕头，像搂着儿子一样昏睡过去。

第三天

1

白玫和那个女人聊了近一个小时，尽管仍没有路一鸣要找的白玫现在的消息，毕竟对她的过去，也有了更多了解。

一种莫名的痛袭来。她蓦然感到，人生中的许多事，你设想过许多种，却永远有出人意料的一个。

寻找白玫

白玫不再去文学讲习班，不再与一鸣有书信往来。无忧无虑，灿若桃花的笑却也少了。有时她正复习功课，父亲把削好的水果端过来，却发现她对着书本发呆，再仔细看，书是倒着拿的。父亲感到不妙，怕说她会产生逆反心理，便暗自跟白云说了她的事，让她们姐妹俩好好聊聊。

这天晚上，父母借机去串门，把家空给了她们姐妹俩。

她们姐妹间眉宇及身材长得很相像。说话的声音也像。姐姐的身材更加高挑，五官比妹妹生得要精致舒展，皮肤白晰。长而黑的头发披了一肩，举手投足间透出书卷气的优雅。往那儿一站，虽不示张扬，却是一眼就能让人看到并且无法忘掉的女子，身上散发着极富吸引力的知性美。白玫给人的印象若是可爱的话，她则是可敬。

姐姐给自己和妹妹各泡了一杯峨眉雪芽，坐到妹妹身边。沙发后面，地灯暖暖的灯光团裹着她们。

"我和那个青海人已经结束了！"白云说。

"啊？"白玫吃惊非小，"不会吧，你们那么相好！"姐姐不止一次带他到家里来过，他的高大帅气与姐姐的文静俊秀非常般配，两个人在一起好像有说不完的话。父母非常中意，白玫也暗自慨叹，原来这就是天造的一双啊！

"意不投，情则不合。"白云想从自身经历作切入点，拉近与妹妹的心理距离，"大学毕业时，他非要到青海一家医院当医生。无论我怎么劝说，他执意回去，说那里的人民需要他。他是代陪生，所有费用由当地政府出资，为回报家乡，他将保送研究生的名额也放弃了。挑选男人我从不在意他是不是富有，而是看他有没有创造未来的激情、能力和潜质。可是，他的想法，我实在接受不了。我的志向是去美国深造，不可能跟他去青海。"

姊妹俩第一次聊这种话题，室内的气氛变得有些异样。

"你们那么相爱，怎么可以分手呢？"姐姐的话，白玫难以理解。

"人生是由无数个无奈组成的。爱情对一个人来说固然重要，却不是生命的全部。"

"爸妈知道吗？"

"知道，他们说我选择得对！他虽然很优秀，我却没有他的经历，凭什么让我承担不属于我的义务。为一份感情，我不可能把自己人生也搭上！我更不可能为了他崇高的理想，搭上属于我自己的那部分！"

"如果换了我，会放弃一切追随他！"

听白玫这么说，白云意识到问题并不那么简单，说道："你的想法没错，可你要知道，一个失去自我的人，终将会失去一切。到那个时候，一切都来不及了！"

"我觉得他挺让人敬重的！"

"我也这么认为。大学期间，他一直做家教，用勤工俭学的钱，资助了两名贫困家庭的学生。只是，敬重和选择是两码事。一个是感性的，一个理性的。丫头，你和那个男人还有来往吗？"

听姐姐这么问，白玫知道父母已把自己的事告诉了她。

见白玫摇头，姐姐说，"等你考上大学，有了一份理想的工作，在一个更高的层面上，你会发现身边有许多优秀的值得爱的男人。而你遇到这个人，根本无足轻重。"

"有人说，这个世界有卑微的人，却没有卑微的感情。"

"好妹妹，别老'有人说，有人说'的，要学会用自己的头脑，辨析出自己的人生哲学。"

"不过，他对我真的很好！"

"讲给我听听？"

经姐姐这么一问，白玫的脸蓦地红了，吱唔道："他说，等我上了大学再来找我！"

"他真等得了，这也是爱的表现！"

"姐，你说——"白玫面露羞色，"恋爱中两个人，可以有性吗？"

"哈哈……"姐姐笑了，"性爱是爱情中的一部分，是用语言无法表达时延伸到肢体的方式，是在常理中的。但是，女人的付出与伤痛还是多于男人，这是不争的事实。身为女性，要自尊自爱，不能轻易把身上的扣子解开。无法控制感情时，也要学会保护自己；跟一个人发生了性关系，就等于间接地跟他所有的性伙伴发生了关系！"

白玫感到无地自容，一头扎进了姐姐的怀里。

白云疼爱地抚摸着她的头说："爱情只是一种感觉，对感觉许诺是非理性的，非理性的东西靠不住，有很多变数。轻信男人的诺言，无异于被他充满变化的感觉绑架，会自讨苦吃。所以，姐姐劝你，你对他的承诺要有两手准备。可以信，却不能全信，这样你才能进退自如。"

"姐，我想他不是那种人！"白玫的心沉到了谷底。

"真是个傻丫头！这个世界在你眼中太美好了，披了太多的梦，你甚至看不到阴暗，很让我担忧。我真怕，你会被这个世界的真相刺伤。"

白玫调皮地眨了眨眼睛："唉，不长大该有多好啊！"

"怎么可能呢！还是成为有力量的女人吧，再不堪的现实，都能面对！对待男人，想得到他，就别怕失去他！他若真的爱你，绝不会轻易放手；轻易放手你的人，绝不是真的爱你。先把心思扑到学业上吧，以后你有的是时间思考这些东西！"

姐姐的话，有些她认同，还有一些她认为是夸大其词了，好像为让她警惕才有意那么说的。

白玫学习之余，仍会想路一鸣，经常拿出他写给自己的信一页页翻开，时而把脸贴在信纸上，时而把它们抱在胸口。他们在一起的时光，好像重回了。缱绻在其间，嗅着他的浓情厚意，带着酸涩的惬意便泼洒了满脸满心。

她回家所做的第一件事，仍是下意识地望一眼信箱，多渴望那里会有一个惊喜出现，哪怕只是个薄薄的没有信纸的信封，哪怕再惹得父母不悦也不在乎。希望一次次升起来，又一次次落空。她知道一鸣是个懂事理的人，他不想惹得她父母不高兴。

白云大学毕业，如愿以偿地考入美国一所名校的医学院，读全额奖学金硕士。送姐姐去机场那天，白玫哭成了泪人儿。姐姐这一走，自己心里郁积的那些不可告人的心情，还能与谁诉说！

姐姐最放心不下的人也是她。紧紧地抱住她，一再叮嘱："妹妹，姐姐不求你出人头地，只愿你健康快乐地成长！还有，遇事一定得多长几个心眼儿！"

白玫使劲点头，她记住了姐姐的话。只是，对沉溺爱情旋涡中的她而言，还没有学会抵抗外界和控制自己的能力。她也问自己，只是不多的几次独处，为什么会刻下那么深的记忆？不管身在何处，自己都逃不过思念和回忆的囚笼。曾经说过的话，做过的事，隔着时空把她一下子拉走，在相思的深渊中苦苦挣扎。

忙完一天的功课，安静地仰望月空时，她常会幻想，若是和他一起自己会怎样说话，怎样笑。这样想着，她也会微笑。还有他好听的似播音员一样的男中音，带有某种奇妙的魔力，每当她回想起来，就感觉他的声音近在咫尺，仿佛一伸手就可以触摸到；他不说话的时候，就听呼吸的声音。曾经短暂的甜蜜的幸福的滋味像糖水一样流入了她的内心，有点酸又有点苦的滋味却留在了口腔。一旦沉入梦境，他就在遥远的期待中走来了。醒时，他的影子仍在脑海中萦绕。不得不把思绪狠狠地切回到现实的那一瞬，她不禁泪眼潸然。

不知为什么，学习压力越重，白玫越是想以这种方式释放自己的内心。

有几个周末，白玫骑车来到与一鸣拥抱的河堤上。一坐就是很久。有一回，她竟神不知鬼不觉地骑到一鸣的宿舍前，向他的窗子张望。心里像揣了十只小兔子，任凭双手使劲按压胸口，都无法抑制。

多希望看他一眼，哪怕就那么一眼。而那扇门一直关着，窗上拉着帘。她想，或许一鸣在家休息，或许他也在思念自己吧！一年多没见他了，他还好吗？他心里的那些苦楚，又向谁述说？她极力控制着双脚，不让自己向他那个方向走。

有一天没课，白玫实在扛不住思念的大旗，跑到市场上买了四只海螃蟹，趁家里无人煮熟后送到路一鸣单位的传达室。

门卫好奇地问她："你是一鸣的什么人？"

白玫的脸倏地一热，说："您转交给他吧！"

"难道不告诉他是谁送的？"

"不用！"白玫说完转身就走，脸羞得喷喷红。

一天傍晚，她再也无法控制自己的心绪，连晚自习也没上，骑上自行车直奔他的宿舍。好像看一眼那间小屋，她那颗躁动喧哗的心，便能得到安抚似的。

天上不期地下起了小雨，她没带雨衣，身上的衣服浇湿了，她全然不顾。当看到那间屋里透出的灯光，她的心猛地提到了嗓子眼儿，无数声音咕嘟咕嘟地从心底往外冒。雨水打在屋顶上树木上，发出"唰唰唰"的声响，眼前的一切似交织在梦幻里。

他就在屋里，他在啊，只需轻轻地叩击窗子，她就可以看到日思夜想的他了。若他知道自己来看他，一定惊喜万分。恍惚中，她好像看到了渴望已久的一幕：他推开了门，见面前站着他的姑娘，先是一怔，随后紧紧地拥住她，头深深地埋进她的头发，喃喃地说："我想死你了。"然后，像在河堤上一样抱起她旋转，她在笑，在哭；在哭中笑，在笑中哭。

想见到，又怕。

怕见到他的那刻，自己会失去控制，又恐自己的行为他不能理解，看轻了自己。"我就看他一眼，哪怕什么也不说。"在这种声音的蛊惑中，她不知哪来的力量，径直走向那扇门。

当隔音不好的屋内传出说笑声。白玫止住了脚步。

是一个女人的笑声，像被人搔了痒处似的，欢快而又不可抑制。男人说句什么，女人跟了句"死不死啊"，两个人都在笑……

白玫像被人兜头浇了一盆冷水，清醒过来。心里无数的小虫在爬，很不是滋味，所有关于他的想象变得模糊了。她不由地问自己：我这是在做什么？

见几个人影晃过来，她慌忙逃离了那扇门，为自己感到羞耻，又不忍心就这么走开。她躲到墙角，透过浓浓的雨幕向那边张望。心想，姐姐若知道自己现在的行为，一定会骂自己没出息。

木门"吱嘎"一响，屋内的灯光熄了，两个人影走了出来。一鸣撑着伞，伞翼尽力向女人一侧倾去，胳膊搭到她的肩上，凑在她耳边说了句什么，两人发出咻咻的笑声，亲密地向这边走来。近了，更近了，透过昏暗的灯光，她看到那个女人成熟而又有风韵。她的大脑一片空白，身体更深地缩进两面墙的夹角，屏住了呼吸。他们已走到了她身边，她的身子死死地靠在墙上，好不让自己瘫倒下去。

女人说："五十步笑百步"。

一鸣说："灵魂破碎之后，我们在喧哗中苟且。"下面的话，被雨水和脚步声吞掉了。

白玫的心一下子悬到了半空，继而泛起一股从没有过的酸楚，有许多想法刚升起来就被掐灭了。那些都是她不敢去深想的，否则，高考前这多半年的时光将怎么熬！她的腿软极了，身子被头压得很重。

"他还会想我吗？他还会像我想他那样想我吗？他是不是把我忘了呢？"这么想着，她不觉合起了双眼，不争气的泪水和着雨水从脸上爬下来。当她再睁开眼睛，雨幕与夜色掩住了一切，什么也望不到了。

在你身后落了一地的

朋友啊

那不是花瓣

而是我凋零的心

席慕容《一棵开花的树》中的诗境，紧紧扼住她的咽喉。每一次呼吸中都含有无尽的痛楚，令她晕厥。她无力地靠在墙上，感觉自己脆弱得像一页薄纸，只需风一吹就会将她撕裂开来。

本想要一个无声的安慰，却撞见了最不愿看到的一幕。她后悔了，怨自己真不该来。

这注定是个失眠的夜。

雨，絮絮叨叨的像个多嘴的婆子，没有要停歇的意思。白玫心情烦乱地躺在床上，睁眼闭眼都是那个窗口的灯光和远去的伞下亲密的身影，还有他们的笑声。

一鸣又交了新女朋友的想法一旦冒出，她赶忙用他曾经的深情按下去，沾着新露的爱意便重新扑面而来。她对自己说，他们只是一般的异性朋友！他答应自己要等的，她不相信他会食言得如此之快，也不相信他会变化得如此之快！

白玫从枕头底下摸出他相送的席慕容诗集。以往，一想到这本书是被一鸣摸过的，字里行间印着他的目光和气息，她会把脸埋进书里，深深地呼吸。感受着他的感受，心即刻变得非常柔软。这一回，小书好像含了太多的水气，把她的手都压重了。

"不能这样下去了，再不能了。我会被情感的烈火烧焦与吞噬。"在尚有的理性的警告中，她从床上爬起来，打开书柜，把诗集压到书的最底层。还怕一不小心看到它，把印有书名的一面冲里。

接下来的时光，半梦半醒，分不清楚哪幻哪是真。泪水从她的眼眶里汩汩涌出，晶莹的透明的，渐渐变成一条河，托起她四处漂流。没有疼痛，也不觉寒冷，记忆的碎片无声地剥落。

3

白玫以优异的成绩高中毕业，不负众望地被本市外国语大学英语专业录取。父母很高兴，姐姐得到消息后也打来电话祝贺。白玫长长地舒了口气，第一时间给一鸣写了一封长信。

信中，她只字未提曾看到他和其他女人的事。而是说这两年苦了他，她解放了，以后的时间可以交由自己做主。并表达了想见他的想法，地点是他们头一次去过的河海广场。来到邮局，她有些踌躇，不知道他会不会回信给自己，或会回一封怎样的信给自己。信投入邮筒时，随"咚"的一声响，她的心像被寄出了。

拿到回信是第二天的下午，她的眼泪流了出来。拿剪刀剪信口时，手竟有些发抖。怕剪到信纸，便紧贴着信封的边缘小心翼翼地把着剪刀，以致剪出的信口仍还粘着胶水，无法打开。她又重新剪了一次，这才抽出那张薄薄的信纸。

捧着信纸，她竟有些不敢读，好怕有不希望的字眼蹦出来像石子一样击伤自己的眼睛。她把心一横，展开信纸，只是掠了一眼，便欢快地大叫一声跳了起来，好像不雀跃不足以表达此时此刻的心情。

"玫儿，我日思夜想的天使，终于盼到这一天了。先祝你考上理想的大学，再祝我们得以相见。我的爱啊，没有你的日子，我的梦好像也没了……"字句虽然不多，却透着一鸣对她的一往情深。他告诉了她一个新地址，说他正养病在家，要她去那里找他。

第二天一大早，白玫早早地起来了。穿上了一身白色的连衣裙，长长的"马尾"披散下来，还化了淡妆。这是她有生以来第一次施脂粉和涂口红，感到有些笨手笨脚力不从心。

她站在镜子前打量自己，镜中的少女虽有些丰满，青春的气息却从白衣飘飘的衣袂间不可遏制地发散出来。圆圆的脸蛋有些绯红，大大的含梦的眼睛放着光芒，长长的头发垂到了腰际，像当年的姐姐白云一样。她把眼睛想象成一鸣的，想象着自己出现的一刻，他会拿什么样的目光和神情来迎接。

白玫笑了，镜子里的她也在笑。

到车棚推车时，正碰到邻居小莲推着自行车出来。

"瞧你春风得意的，干吗去？"小莲快人快语，打扮得更入时更招摇了。

"去会一个朋友！"白玫看周围没有其他出入的邻居，跟她说话变得大胆起来。虽然母亲没说，她知道自己和小莲来往的事，都是那些多事的邻居密报的。

"不是我说你，你就不能穿开胸低点的衣服？都什么年代了，还老土！"

"习惯了，舒服！"

"哎，你上大学了，前途无量，哪像我！"

"你不是挺好吗？你和那个男人怎么样了？"

"哪个？"

"我两年前看到你和——"

"哈哈……"小莲狂笑起来，脸上厚厚的脂粉像要往下落似的，"我都换了八个了，你还停留在两年前的那个！和男人交往，要现在进行时，将来时，绝对不能要过去时！"

"过去时，现在时，将来时，我都要！"

"傻去吧你，到时你就知道，是被自己的感觉骗了！什么感啊，情啊，都是假的，不如来点硬磕的管用！"小莲一脸见多识广的样子。

"什么是硬磕的？"

"跟谁不是跟啊，到头来你发现都一路货色。还不如趁青春年少，多赚点这个——"小莲撮起手指，做了个点票子的动作。

白玫不想跟她犯矫情，心想，母亲说得对，小莲这人是有点不正经。

"姐们儿，"小莲骑车走出很远，还在背后喊着，"记好了，宁可相信这个世界上有鬼，也不要相信男人那张破嘴！"

终于找到了一鸣家，那幢楼有些年头了，楼道里黑洞洞的，堆满杂物。白玫适应了一会儿，才辨清楼梯的位置。摸索到他家门前时，差一点被伸出来的一段朽木绊倒。她按捺着嘭嘭狂跳的心脏，努力让自己看起来平静，这才敲门。

屋里传来脚步声，门从里面拉开了。一鸣出现在白玫面前。他看上去比两年前清瘦了很多，由于光线幽暗，脸色有些发黑。

"我的天使，你都成大姑娘了。如果走在街上，我一定认不出你了！"

狂喜中的一鸣，不容分说地把她揽到怀里，顾不得进屋，抱着她一顿雨点似的热吻，手在她的身上疯狂地抚摸。听到楼上传来脚步声，才一把将她抱起，隐进屋里。甚至来不及述说思念，来不及问及这两年的经过，迫不及待地将她放到床上，好一阵厮磨。

想起两年前他的冲动，她还是有些怕了。这次，她虽已做足了迎接他的心理准备，却不想没有过程地向下发展，而且发展得那么快。毕竟，这两年他是怎么度过的，自己仍一无所知。还有雨夜被自己撞见的一幕，或许应该向他要一个解释。

"人家口渴成这样了，也不说给倒杯水！"她娇嗔地说。

"瞧我，光知道想你了！"说着，一鸣到厨房去倒水。

白玫打量着这间屋子，朝阴的，不大，一张双人床和两个书架，再放一个双人沙发屋里便满满当当了。这样的房子白玫也是头一次走进来，陌生而又新奇。

她的目光落到床头的一支发卡上，心不由得一沉，如此女人的东西，怎么会出现在一个单身汉的家里？

白玫惊诧的表情正好被走进来的一鸣发现。她的脸就是她的心，一点微妙的变化也藏不住。

一鸣解释说："在路上捡的，我看它挺好看，不忍心被人们的脚踩来踩去。"

　　她没有追问，怨自己小题大做，过于敏感。

　　"你从生下来，要什么有什么。像我这样的人，挣扎在社会最底层的困苦，你不会懂。"一鸣燃起烟，猛吸了几口，"这个单元是四家共用的，这只是其中的一间，是小了点，毕竟是自己的窝了。分房时几乎打破了头，我是一个没有任何背景的人，天天到厂长办公室里闹，他走到哪儿我跟到哪儿。最后，我用自杀威胁他。他烦了，怕了，才给我了这间小破房。"

　　"你得的什么病？"

　　"咳嗽，胸闷，别的毛病倒没有。你留的纸条我看到了，从那以后，烟吸得少了。"

　　听他这么说，白玫欣慰地笑了。想必自己留下的东西他也见了，一定是经常使用呢！

　　一鸣将吸了半截的烟捻灭了，定定地看着她，脸上充满白玫难以理解的表情："还能见到你，出乎我的想象！"

　　"你为什么这么想，咱们不是说好了吗？"

　　一鸣抱住她，头搭在她的颈窝处。闭起眼睛喃喃地说："咱们是生活在两个不同世界的人，我以为——"

　　白玫打断了他的话："怎么会？我没有一天不想你！为了这一天，我——"她终于没有说出自己不止一次来到他的门前，还有雨夜里窥到的那一幕。转而问道，"为什么这么说？你难道不爱我了？"

　　"怎么会！我这心里都是你！"

　　他把她抱回床上，一边热烈地亲吻，一边温柔地抚摸。当他的手游走到她私处时，她说："我还是处女。"

"真的？"

她的脸红了，合起了眼睛。长长的睫毛在抖动，一串晶亮亮的泪珠子从眼角爬出来。

"天，你比我想象得还要纯洁！"他俯下身去吻她的眼睛，"这两年，你一定受委屈了，你不说我也知道。什么都知道。吃你送来的螃蟹时，我既幸福又剜心，你的心情我无时无刻不感受着。我爱你，爱到了肉里！"他蓦地撩起她的裙子，拼命地吻着。

滚烫的气息嘘得她心里痒酥酥的，羞怯地屈起双腿，一双有力的双臂又让它们屈从了。在他舌尖的拨弄下，花蕾渐渐地吐露芳姿，花瓣自然而然地开启，无法控制的蜜汁浸了出来，从未有过的欢畅之感牵动了全身，身体开始融化。

他睡裤的那个位置挑得像个小帐篷，碰到她身体硬硬的，他好像非常喜欢用那里碰。她没有任何经验，还无法预知它可以给予的奥妙，却感到了一种从来没领教的令人敬畏的男人的力量。他将她的手领到那里，把着她上下游移。她的手太小，无法圈住，那里溢出了一滴乳白色的小露珠。才恍然明白小莲曾说过的，女人流红的，男人流白的话。

一鸣喘着粗气，醉意蒙胧地笑了，摸着她的头说："丫头，女孩儿和女人之间就隔着一层窗户纸，捅开时，你就是一个真正的女人了！"

不知是由于激动还是恐惧，她战栗起来，却没有力量阻止他。姐姐不是说吗，相爱的人语言表达到头了的时候，可以用身体倾述。一股献身的冲动激荡而来——我爱得神魂颠倒，再有所保留，就愧对这份爱了！爱他，就要成全他，否则，还有什么可以证明爱的存在。

这种意念掀动着她的心，她为自己的想法感动哭了。不过，还是在害怕中迟疑着，毕竟这不是自己这个年龄该做的事，或者不是还没有走入婚姻的自己该做的事。

他停了下来。

顺他的目光望去，她惊呆了。一个脸色煞白的女人不知什么时候站在门口，木然地望着眼前的一切。她魂飞魄散地爬起身，慌乱地整理弄乱了的衣服。

一鸣看着女人，半天没说话。

女人把手里拎的蔬菜放在地下，面无表情地说："单位没活，流水线停了。让回家听信儿。"

从声音和身材上分辨，她和那天晚上的女人不是同一个人。她好像比一鸣大很多，目光呆板，像饱受过生活的磨砺与打击。

白玫脑子里一片空白。一鸣好像说了句什么，她没听清。走过楼道时，那根伸出来的木头将她狠狠地绊倒，白裙子被地上的污水弄脏了，摔破的膝盖在裙上洇上了血迹。

终于逃到街上，车水马龙铺天盖地闹过来。回到现实中的她，心如刀绞。

"小妹！"恍惚中，白玫听到身后有人叫自己。回过头，见那个女人气喘吁吁地追了来："你就是白玫吧？我想和你聊聊！那边有个茶屋！"

"她想做什么？跟我打架吗？"大脑混乱极了，这是白玫唯一可以想到的，"可我做错了什么？"

再逃，已不可能了。白玫只得跟在她身后，像一个被押解上庭的犯人，只能听天由命地去受审。

4

茶屋里放着音乐，旋律委婉空灵，拨动着白玫的心绪。如果是她一个人，她一定会哭出声来。可现在，只能艰难地挨着时间，挨着眼前这个女人苦涩的脸。

服务生端来杯具，跪在桌旁，欲表演烦琐的茶艺。

"我们不需要，你走吧！"女人冷冷地说。

服务生知趣地退了下去，单间里只剩下她们两个人。

"撞见这一幕，其他女人一定会一哭，二闹，三上吊！可我不会，不是我有涵养，而是知道这事不怨你！"

白玫捧着杯子，不敢看她的眼睛。

女人顾自说着，不管白玫是不是愿意听：

"我父亲和一鸣的父亲，原先在同一个工厂做工。那时我父亲很小，许多事都做不来，他父亲给过他很多照顾。一鸣刚来天津时，我父亲看到他没有宿舍，为了感恩，让他到我家住过两年。那时，他连双袜子都没有，冬天也光着脚，衣服上还打着补丁。坐公共汽车时，连五分钱车票都打不起，有时实在不愿走路，就坐车逃票。我看他实在可怜，需要什么就给他添，他对我也很依恋。

"我比他大七岁，初中没毕业就辍学了，家里上有老下有小的父母供不起。一位邻居是厂里的小头头儿，我父母求他帮我找工作。他把我叫到他家，却……那年我才十五岁。我不敢反抗，怕他不管我的事。他没有食言，给我找了工作。一鸣知道这些事后，并没嫌弃我。还说，都是苦命的人，需要相互眷顾。父母发现了我和一鸣的事，极力反对，我和他们闹僵了，一直在外面租房住。现在，我怀了他的孩子，三个月大了。父母气疯了，一再催一鸣跟我结婚！他也松了口，想最近收拾房子，把婚结了。"

白玫的咽部有什么鲠着，一鸣有这么多经历，自己竟浑然不知。她好想找个没人的地方喘几口大气，或痛痛快快地大哭一场。

"你不是被我撞见的第一个，也不会是最后一个。只要他不离开我，一切我都能忍。尤其像我这样的女人，三十出头了，还有过那样的经历，谁还会要！"

听女人说得如此平静，白玫却五味杂陈。为了掩盖内心的虚弱，她端起杯子喝茶，不想竟喝进了气管，剧烈地咳嗽起来，脸憋得通红。

"小心点！"女人说着，欠起身子为她拍背，见她气息平稳下来，又说："再说回来，男人都是贪嘴的孩子，永远抵挡不住美味的诱惑。女人不过是他们的食物，多吃一嘴是一嘴。你别恨一鸣，他需要在柔情中取暖，仅靠一个女人是不够的。"

女人伸手在白玫的脸上摸了摸，手很粗糙，是干惯了家务过于操劳的那种，扎得她很不舒服。

"好嫩啊，这么年轻，漂亮。我好像从来没有过青春，从十五岁时就没有了。你在一鸣生活中出现，是我最担心的，怕你抢走了他。至于别的女人，我倒放心。我一直有他宿舍的钥匙，偷偷地读过你写给他的信。我曾找李老师了解你的情况，一鸣知道后气疯了，说再胡闹就跟我断了。你是个好女孩儿，别辜负了美好的青春。一步走错，以后所有步子就都迈乱了！可别像我……"

"宁可相信这个世界上有鬼，也不要相信男人那张破嘴"，真经典啊！白玫为自己幼稚地相信了一切，而感到羞耻。姐姐要是知道了，不知会气恼成什么样子？而真做了他无数女人中的一个，自己的尊严便被镇压到屈辱的大牢，会像眼前的女人一样永无天日，那是她宁死都不能接受的。

"我还有事，失陪了。"白玫站起身，像一个落水者终于摸到了岸，头也不回地疾步从单间里走了出来。

再多待一秒钟，她想自己不是窒息而死，就会被对方的话噎死，或被自己蒙昧无知懊恼而死。

5

头顶上明晃晃的太阳，像一捧烈火灼伤了白玫的眼睛。无数个亮点乱窜，像她的那些无以名状的痛楚。太真实的东西无不像夏日正午的太阳，一旦被自己看到，不但会受伤很久，而且还需要长时间的生理及心理的恢复期。

她低低地埋下头，车骑得飞快，有几次险些被汽车撞到。司机从车窗里探出头来大骂，她全无意识。血在她头上激流，冲撞着眼眶、鼻腔、喉咙，流到脸上却是全无颜色的晶莹。

真是冤家路窄，白玫来到家门口时，正看到小莲坐在树荫里择韭菜。

看到白玫灰头土脸跟离家前判若两人的样子，小莲冲她抛了个魅眼："姐们儿，你裙子上怎么有这么多血？"

白玫也不理她，径自往楼门里走。

小莲追过来，用染着菲菜汁和泥土的手拉起白玫裙子的下摆，看到腿上新鲜的伤口说："姐们儿，别看你什么也不说，都逃不开我的眼睛。你学问比我大，可我的社会学问比你多。人善人欺，马善人骑，还是在理儿的。谁欺负你，你告诉我，我找人给你出气！"

她厌恶极了，一把推开小莲，冲到家中。站在浴室的花洒下，羞辱的泪水流了下来，再被清水荡涤进阴沟。腿上的伤口痛得钻心，她也不在意。使劲搓着一鸣吻过的地方，直到感到麻木了才住手。她庆幸那个女人来的正是时候，如果那层窗户纸被这么一个无耻的人捅破，她即使不自杀也会疯了的。

白玫还想做什么，否则，这口气窝在心里出不来。她想起一鸣的东西，一通疯狂地翻箱倒柜，信件和席慕容诗集找了出来。拎来红酒，狠狠地灌了几大口，在浑身腾起的热浪的鼓舞下，她拿来铁锅，展开一个个信封的那刻，她的手有些发抖。想哭，想大哭一场，泪腺却干涸了一般，干涩得有些涨痛。偶尔扑入眼帘的字，变作了钢针，扎得瞳孔几乎能流出血来。划着火柴，信纸在火苗的舔动中跳了一下，痛楚地蜷曲起身子，而后迅速淡去，在铁锅里化为了灰烬。

两年来，这七百个日日夜夜，合成多少个小时的魂牵梦萦，最后才发现是被人引入了迷宫，对方还摆出一副怜爱的姿态，却真实地享受你迷失的过程。"灵魂破碎之后，我们在喧哗中苟且"，一鸣之所以这么说，想必走在他身边的女人是了解他的，他也并不回避她对自己的了解。可见，没有了爱的灵魂，永远是自由而又欢快的，爱才是痛苦真正的祸根。

"如果你是死亡，我就是你的尸身"的诗句，是一鸣给她吟咏"只求你给我留下一双眼睛，让我能看到你"后，她写在席慕容诗集扉页上的，前面是一鸣的提字。当时，她真以为能和一鸣"愿做天边兽，步步比肩行；愿做深山木，枝枝连理生"，此时却恍若隔世，似一个不堪入目的故事或垃圾。

诗集丢入火中，腾起一股浓烟。她自语道："你也有无力承受，感到窒息的时候？"把书移开，慢慢复燃的余火反扑过来，恶狠狠地咬了她一口，好像在说："谁不把我放在眼里，我就叫谁受伤！"手上泛起了燎泡，竟没有感到疼。人生在世，或许再没有什么能痛过一颗被极度戕害的心灵了！

她机械地把撕开的书页一张一张丢上去，火焰得了救似的，雀跃地跳起身子，热烈地拥抱着那些分行的诗句，再一口口吞噬掉。

所有的结局都已写好
所有的泪水也都已启程
却忘记了是怎样的一个开始
在那个古老的不再回来的夏日……

这首诗丢进火堆的那刻，她想把它拿出来再读一次，虽然其中的句子她早已稔知于心。她的气力却有些衰微，重心不稳，头压得过低，已经干了的发丝垂到火苗上。随一股刺鼻的焦糊味泛起，火舌快速地从头发下端往上卷，发出"哔哔剥剥"的脆响。她这才意识到，要把头扎到水龙头底下。

再回来时，她已成了一只落汤鸡。仰面躺在地上，像极了一个空无一物的布口袋。让一切化为乌有，原来也没有那么容易。

白玫明白了，《红楼梦》里黛玉焚稿，她焚的哪是诗稿，分明是一颗绝望的至爱成伤的心！心没了，人也跟着没了。因为每个字上都沾满了她的目光，每张纸上都滴满了她的心情，还有那些欢笑，那些热吻，那些个细数的不眠之夜，都焚化成了一堆死灰。从对她倾诉的那个女人与自己的经历及书里读到的间接经验来看，每个女孩子成长的历史，无一不掺杂着血和泪，纠结着心酸与痛苦。只是，人们不说，不屑说，不愿说，不忍说，不会说，不便说，害怕说或者不堪去说。

地上，满是从翻倒的酒瓶里流出来的红色的液体，及纸张烧过的灰烬，而被不堪切开了青春的白玫卧于其中，昏睡如尸。

白玫睁开眼睛时，发现自己躺在床上，很少落泪的父亲紧紧地握着她冰凉的手，老泪纵横。而母亲则不住地叹息，责怪自己没把她带好。见她醒了，父母痛苦的脸上才泛出笑意。

"谢天谢地，也感谢小莲，如果不是她看到咱家窗户里冒出浓烟，及时给学校打了电话，要不——"

"老婆子，说这些干啥，那点一氧化碳还不足以——，不过，小莲还是挺善良的，是以前咱们了解的不够。回头，到她家去道个谢！"

6

写过这段文字，白玫像自己亲身经历了似的，苦不堪言。同时感到了深深地悲愤，却又想不出该恨谁。

白玫当时问那个女人："冒昧地问一句，您和白玫是什么关系，如果方便说的话？"

女人长叹一声："我就是撞见他们在一起的女人。一鸣得知我和白玫聊天了，和我大吵了起来，还劈头盖脸地打了我。这是他第一次和我大吵，也是第一次打我。"

"你们的孩子应该很大了吧？"

"孩子流产了，大出血，我差一点死掉，迫不得已摘除了子宫。一鸣传宗接代观念很浓，孩子是我想留住他才要的，却没有了。他对我说咱们结束吧！我心碎了。当一个男人不再接受你时，无论你怎么挽留也无济于事。他总躲着我，不再跟我见面，我不得已离开了他。后来，我又找过白玫一次，我真的放心不下她。她很憔悴，瘦了很多，神情委顿，让人看着心疼。伤害来自同一个男人，相互间便有了某种怜惜。也许是太痛苦太压抑，她打破沉默，和我说了许多心里话。对我而言，我倒不是太恨一鸣，毕竟我是背着一大把不堪经历的人。白玫这孩子太可怜了，用情太真太深；一鸣也是，什么样的女人不好招惹，干吗偏朝一个单纯的未经世事的女孩子下手！"

"您现在的生活还好吧？"听她真的动了肝火，白玫把话题岔开了。

"像我这样的女人，哪还有什么生活？只能叫活着！那个老男人还算有良心，又接纳了我。我们原先的单位倒闭了，他利用关系和人脉，开办了一家工厂，把过去的许多客户拉了过来，生产经营得还算可以。我一直做他的助手。他妻子委曲求全，一直敢怒不敢言，也挺可怜的。不过也没办法，我得活下去，这个年龄了，没有一技之长，没有可依靠的亲朋好友，只能如此了。我在孤儿院领养了一个女婴，只为有个伴儿，让家里有点人气，使我还有活下去的信心。至于我老了以后她是不是赡养和报恩，我倒没想那么多。现在孩子已经十岁了，我把感情都倾注到了她身上。孩子也挺懂事，妈妈长妈妈短的哄得我很开心。我很感激这个孩子，我甚至感觉她给我的要多于我给她的。"

"你是个好女人，好母亲！真的！"白玫发自内心地说。

"我会好好地把她培养成人，我所遭受过的一切绝不能在孩子身上重演。白玫之所以这么单纯，是她长大的过程中，赞美和宠爱太多，一直听类似格林、安徒生之流的美丽童话，竟不知道世界上有多少真善美，就有多少假恶丑。她不会自我保护，也没有任何防范之心。我不想我的女儿长大后也是这样。"

"这对孩子来说，是不是不太公平？"

"这个世界不存在公平，所以，我能为孩子做到的，就是尽早让她了解世界的真相，少让她受伤！"

"女人所受的伤，最初大都来自于男人，然后才是社会！"

"女人又离不开他们！恨他们，却又离不开。女人是一种很贱的动物！女人的犯贱无外乎两种，要么为了物质，要么为了爱情。女人想不犯贱，想要有尊严地活着，只有让自己变得强大，无论是在情感上还是经济上，都不再需要男人。"

"这是人性！从另一个角度看，女人自身也有问题！"

"你说的不错，我自身就有问题，传统教育在我身上发挥了效力。小时候依附父母，长大了依附男人，把自己的幸福嫁接在别人身上，没有想过自己去创造和寻找。"

"你还恨那个悔了你的老男人吗,毕竟他——"

"我爱的人伤我如此,那些不爱的人给我的伤,也不疼了。生活把我打磨得已经麻木。不仅是恨,连爱的能力我也丧失了。"

"一鸣得了重病,过几天上手术台。"

"一定是肺病,以前他总胸闷干咳,有时痰里带血。我和他早没关系了,不想再过问他的事。如果不是你想了解白玫,这些事我也不会对第二个人说的。你与王力联系吧,他们是大学同学,或许会知道白玫的下落。"

"你怎么认识王力的?"白玫好奇地问。

"几年前,举办过业内企业的联谊会,他作为外资企业的翻译出席。闲聊时,我听说他是本市外国语大学毕业的,一下子想起了白玫。问他是否认识,没想到他说他们是同学,还给了我一张名片。"

捏着王力的电话号码,白玫犹豫了。有些不敢拨过去。人最怕的莫过于"在意"二字,有了它,再不相干的人与事,也与自己有了千丝万缕的瓜葛。

7

乔杨的到来,打乱了白玫的计划。

和那天相比,除了身体不那么摇晃,他的谈吐仍有些颠三倒四。看得出虽已摆脱了死亡的魔爪,但它的阴影还像围脖一样冷冷地箍在他的脖子上。

"玩真的了?"乔杨问。

看到桌上放着的离婚协议,白玫有些难为情,怪自己没把这么不能示人的软肋藏起来。

她叫了外卖,从柜子里拿出子枫喝剩的半瓶茅台,和一瓶没开封的加拿大冰酒。

乔杨咧嘴乐了："白姐，干吗整得这么隆重，像招待贵宾似的！"

"来贵宾都不一定有这种待遇！你就不一样了，能把命捡回来，是人生的大幸。"

"刚认识我前妻时，我什么都没有，她就是爱我，死活都跟着我。可是最后……"

"你自杀是不是跟她有关？"

"哎呀，不是那么回事，是我当时绷不住了。我看了一部日本老电影《梦旅人》，被它唯美的画面和行走在围墙上的几个'问题少年'吸引了。他们在寻找世界末日的游戏中发现，失去爱的地方，才是真正的末日。我想了很多，未成年人出了问题，终极原因不在孩子本身，是家长及这个社会造成的。当一个人成年了仍问题满身，大部分原因还是那时的影响在作祟，久而久之，心灵不是失衡，就是扭曲变形。再想到自己的现状，便一下子绷不住了，喝了安眠药，还开了煤气！"

听他提起这个片子，白玫会心地笑了，这部片子她早年也看过。她安慰他说："不想活的理由有千万条，可活下去的理由只有一个，就是好死不如赖活着！你不想让女儿这么小就没了爹吧？"

"你离了婚，我接着。"他没接她的话茬，把茅台的瓶口放到鼻子上闻了闻，眼中泛起灌多了乙醇的迷离，"我向来没正形儿，现在说的话可是认真的。"

看再也无法回避这个话题，白玫说："我还没想好，毕竟我儿子还小。"

"我体会太深了，父母离异，对孩子来说无异于灭顶之灾。拿我闺女来说，只要门外有上楼的声音，有拿钥匙"哗啦啦"转动门锁的声音，她会一下子蹦起来，大叫，妈妈来了，妈妈来了！半天不见妈妈进来，她小嘴一撇，泪珠子一对对往下掉。哼，我一个大男人，心里是什么滋味啊！孩子是无辜的，她招谁惹谁了？"

乔杨抄起酒瓶，对着嘴就喝。白玫忙拉住他，夺下酒瓶。

"老天爷为什么不让我死呢！这样的日子，真不想再挨下去了。"乔杨的目光，变得浑浊而又痛楚。

"为了孩子，不许你再说这样的话！没有谁比她更需要你活下去！"

"太阳只能照着大人的脸，却能透过孩子的眼睛射进她的心灵。这也是我最不能面对她的原因。"

"对孩子而言，她需要的是爱，是你陪她长大的过程！可别像《梦旅人》中的那几个孩子一样！"

"妈妈不要她了，她还有多少快乐。她天天找我要妈妈，我又上哪儿给她找妈妈？挖我的心啊！我常问身边的朋友，你们除了妻子以外，在外面乱搞女人，也没见你们谁离婚。我把心全掏在了家里，全扑到了她和孩子身上。婚却离了，为什么啊？"

乔杨向白玫投来遇难者求救似的目光，她却不能回答他，像不能回答她自己。或许在任何一个社会变革的时代，首当其冲受到冲击的就是人的观念，一旦观念失衡，别人的路往哪里走，便是自己左右不了的。

"万一，我只说万一，万一你离了婚，我会给你一个家！做饭，拖地，洗衣服，带孩子，我什么都能做。而你只要给孩子讲讲故事，没事的时候多抱抱她，陪她玩会儿就够了。"

白玫什么也没说，给他倒了杯加拿大冰酒。

"我不喝这个，像止咳糖浆，齁得慌。"

乔杨说"齁得慌"时，嘴咧得很痛苦，把她逗乐了。看来太甜的东西，有时候比酸苦更令人难以消化。

"我更多的是品味冰酒生长和制作的过程。"白玫又把话题岔开了，"冬天，气温降到零下十度时，人们才在夜里穿着厚厚的大衣，带着手套和面罩开始采摘葡萄。灯光照耀着一垄垄的葡萄藤，一串串葡萄珠像紫色的石子，又硬又冷，落于人们温暖的手中。再加上加拿大漫长的冬季和冰雪，它的口感才这么独特。尤其是对咱们这些写东西的人而言，被这种经历腌泡过的人生，酿制出来的文字一定会别开生面。"

"白姐，整这么高雅干吗啊？哈哈，白姐你还是饶了我吧！"

"你总能找到最合适的比喻，不写东西，对文坛是个损失！"白玫半开玩笑地说，不过也有实话实说的成分。

"白姐，咱们不说这个了，若谁让你受了委屈，比如说打了你什么的，一定要告诉我，我保护你！"他把手伸向白玫，她的手一下子陷到了那只大手里。

在他的手中，白玫感受最多的不是力量，而是一种需要或被需要，像两个远行的人最渴望互相照顾体恤一样。这还是他们第一次真正意义上的握手，有一丝羞怯倏地升起，令她自己都感到好笑。

一顿午餐竟吃了四个小时。除了酒，饭菜几乎没动。乔杨把碗筷洗刷干净，打开窗子放出酒气，临走时没忘把垃圾收集起来装入袋里，将可能造成的麻烦一并拎走。

送他出门时，正遇到刘媛上楼，手里提着大包小包的东西。她的眼睛有些红肿，衣着打扮显然比"貌似"不在家时朴实多了，嘴唇抹得也不那么红，与白玫四目相对时目光有些躲闪。

两人相视一笑，算是打了招呼。刘媛的余光没忘朝乔杨的背影瞥上一眼，才转到楼上去。

白玫有意冲乔杨的背影大声喊道："兄弟，慢走！"

"回吧，白姐！"乔杨接得自然而然。

楼上传来嘭地关门声。

白玫长吁一声，回到屋里。

8

白玫越想刘媛看她的眼神，越觉得不舒服。人性中的弱点，在白玫心中泛滥：刘媛自己是那样的女人，却也顺理成章地把别人往那边想，什么人啊！

想起刘媛昨夜的痛哭，白玫在心里骂了句活该。她不喜欢刘媛，是从第一眼见到她的那刻就开始了。那时他们都在恋爱，子枫和"貌似"相约带上各自的女友去打网球。白玫和子枫如期来到网球馆门口，等了二十分钟，才见他们骑车赶来。

白玫穿着一身白色的网球衫，脚上穿着一双耐克的旅游鞋，为了跑动起来方便，把长发拢成了马尾。而刘媛穿着一件紧身没袖的短上衣，下身是超短裙，大波浪的头发披了一肩。尤其是她那张脸，像从面缸里扎过一样，一笑起来挤得粉膏好像要往下掉末末。嘴唇涂得很红，显得她的脸白得有些突兀。鞋跟又细又高，走起路来，丰盈的双臀好像上下左右都在扭，根本不像是来打球的。

子枫拉白玫走上前，为他们做介绍。

白玫知道她比自己大几岁，便喊了一句："姐姐好！"

"什么姐不姐的，要说子枫还是大哥呢，等结了婚，我得叫你嫂子！"刘媛把嘴一撇。

刘媛与"貌似"同龄，白玫这么叫也不犯忌，她却不爱听了！

"就是，我比子枫小二十天呢！""貌似"觉得刘媛的话有些过分，出来打圆场。

白玫为"貌似"难过，他看上去精明干练又不乏帅气的一个人，怎么找了这么一个人当"准老婆"。

回来的路上，子枫才告诉白玫，"貌似"与刘媛两家是世交，两家的孩子年龄差不多，从小都把他们当自己的家人，甚至是当没过门的女婿、儿媳看待。"貌似"大学毕业进入了设计院，刘媛高中毕业没考上大学，通过关系到一家商场当会计。"貌似"父亲离世前，把"貌似"叫到身边说，刘媛是刀子嘴豆腐心，心眼儿不坏，人也勤快，模样也好，况且刘媛家也有这个意思……父意难违，"貌似"也就认命了。

确实如"貌似"父亲所说，婚后刘媛为"貌似"挑起了这个家，"貌似"母亲身体不好，她经常到婆婆家洗洗涮涮忙前忙后。她却曾跟白玫发牢骚说，要不是看在自己学历和工作不如"貌似"的份上，就"貌似"的家庭条件，就自己的个性，才不会答应这桩婚事呢！

"'貌似'这样的男人你到哪儿找啊，又能挣钱，也知冷知热！"虽然不愿意跟她交心地说话，白玫还是安慰她。

"我才三十多岁，你再看我这双手——"

她的手背，因为常用名贵的护手霜倒看不出什么，再看手心，便知那是干惯粗活的手，手纹杂乱细碎，裂开了许多小口子。白玫摊开自己的手，除了几条清晰的纹路，细纹都很少。

"看你多好，孩子奶奶给带，省了多少心啊！这几年，你写了那么多文章，如果你把时间、精力都用在家务上，怎么能沉下心来写作？"

白玫点头称是。如果生活负担太重，别说写字，写作激情一定消磨在无尽无休的琐事里。对此,她对子枫一家充满感激,做人不能没有良心。

"操不操心,看一下手就知道!都说女人要对自己好一些,'貌似'一走就是大半年,他有糖尿病的老妈还不得我一个人照料!"她叹了口气,说不下去了。

或许刘媛找其他男人来陪,也是想对自己好些,只是用了伤害配偶的方式!这么想着,白玫又心软了,原谅了她瞥乔杨时的目光。

9

懒在沙发上,身体散成了一堆零件,大脑却像高速运转的机器,不愿停下来。乔杨的话像一块巨石,在白玫心中激起不小的波澜。她力图寻找是否接受他的理由。

在母亲近乎窒息的爱的捆绑中,乔杨从小像个坏男孩儿一样以自己的方式抗争着。渴望被爱,又怕那份爱中含了太多高不可及的希望,压得他无法喘息。

在父母简单而又粗暴的教育中,他像《麦田里的守望者》中的中学生霍尔顿·考尔德,叛逆,倔强,反其道而行之。对强权刻骨铭心的抵制与厌恶,他用"自毁"的方式对父母说"不",对父母的"权利"说"不",对老师说"不"。内心却一直渴望他们对自己的承认与理解,渴望他们能静下来听自己说话。一次次彻骨的失望中,他想,好吧,既然你们不听我的,干吗我还要听你们的!

上中学后,他变成了学校里尽人皆知的"问题少年"。像太宰治《人间失格》中的"我"一样,喜欢用作文惹怒老师,向师道尊严宣战。以写诗,画漫画,听摇滚乐,打架,戏弄女生,搞乱课堂秩序,甚至看黄色录像取乐。那时网吧还不普及，否则，他会成为沉陷在其中的一员，去虚拟世界寻找在现实中无法得到的尊重与满足。

乔杨用这些方式引起人们注意，用极端的方式告诉他们："请你们平视我，平等的，不带任何成见地倾听我说话！"当他没有要到自己的期许后，更加变本加厉，残酷地削割着自己的青春，于遍体鳞伤中发出疼痛的笑声。

被比他高一年级一个女生勾引后，他发现爱情是让身心放松，给自己美妙享受的好东西。乔杨这时身边已不缺乏投怀送抱的女孩子，他脑海里却只有一个比自己低一年级的女生。不惜为她留级，以自损前程的方式等待她对自己的注目与爱情。

那个女生天天拿着本子，课间坐在操场边的杏树下写诗。她从不拿正眼瞧他，乔杨的自尊心受到了莫大伤害。自己这样一个帅哥，几乎能招来全校女生的目光，招来全校男生的前呼后拥，怎么竟博不得她的轻鸿一瞥！

乔杨疯狂地读诗写诗。他喜欢的诗有：

海子的今夜，让十年海子全部复活

艾略特的四月最残忍，从死了的土地滋生丁香，混杂着回忆和欲望，让春雨挑动着呆钝的根

还有波德莱尔写得那么美好的《腐尸》。他觉得浸淫在这些诗人的诗句中，虽有把自己拆成了一堆肢体零件的感觉，却也过瘾。

新年联欢会上，他放弃了无师自通的单口相声，念起了自己写的诗。诗是为她写的，诵诗时眼睛一直观察她。当看到她无动于衷地跟身边的同学大声说笑，他气疯了，却什么也不敢做，怕她因此更不喜欢自己。

后来，他读了马尔克斯的《霍乱时期的爱情》，他不觉发出会

心的微笑，尤其是男主人公阿里萨对再度相遇的初爱费尔米纳说，"我等待这一刻已五十三年了，我为你保持着一个处男身。"费尔米纳则淡淡地说："你是个骗子。"乔杨理解阿里萨，他自己身边围拢的女生不过也是释放激情排解寂寞的玩具，却也像阿里萨一样，放纵、逢场作戏、说一些自己都觉得可笑的话，而对那个女生的真情挚意却一直装在最重要的一个口袋里，并藏进了一首首分行的文字中。他交付给不爱的那些女生的是精液，而交给自己爱的女生的却是一颗盛满爱情的心。

有的人，心和身体都干净；有的人，心和身体都不干净；有的人，身体干净心不干净；而乔杨认为，自己身体虽然不干净，内心却是洁白无瑕的。因为他从没有和其他女生说过一句"我爱你"，他只把"我爱你"留给了一个人，如果她回应自己的呼唤，他会和其他女生一刀两断。

乔杨希望她知道这些，而她的清高与无视，把他的激情与渴望一会儿挑动到了高处，一会儿又打压到痛苦的深渊。于是，在与其他女孩子的胡闹中，他消解着无法抵达的那份爱的痛楚。不想，越消解内心却越痛越空。

职专毕业后，父母怕他混迹于不三不四的人中，认为栓住了儿子的时间，也就栓住了他的人，为乔杨求得了一份国营单位库管的工作。看着有些权力的人，把单位的库房当成了自家的储藏室，不是出库的材料不填出库单，便是在进库时的地秤上缺斤短两，或入库单根本不如数填写。不到半年，看不惯这一切的乔杨辞职不干了。

母亲指着他鼻子骂："你个没良心的，为得到这份工作我们腿都跑断了，求爷爷告奶奶的。现在的大学生，毕业就意味着失业，你倒好，这么稳定的工作，说不干就不干了，由着性子胡来！"

乔杨毫不示弱地说："我虽然不是只好猫，却也无法忍受做硕鼠的帮凶。"

"你以为你是谁呀？一介平民老百姓，能折腾出什么来？"

"惹不起，我躲还不行吗？"

"躲躲躲，躲得了和尚躲不了庙。就你这狗脾气，不给我们惹事生非就烧高香了！"

再也无法忍受父母唠叨的乔杨，从家里搬了出来。幸好疼爱他的爷爷留给了他一个小独单，否则，飙升的房价就是抽干他身上的血都买不起。从此他也不到任何单位上班，而是选择了只为自己打工的自由人——推着三轮车卖盗版书。虽然时常被城管追得到处跑，赚钱不多，却也自得其乐。

10

乔杨有许多另类而又乖张的经典段子，从不介意讲给白玫和小佳听，包括和他前妻的事，都像一个个传奇。

还在他上职专的时候，见快九十岁的爷爷身体每况愈下，他感到了恐慌。爷爷最疼自己，若不再表达孝心，怕以后就没有机会了。一番苦思冥想之后，他来了灵感。对身边一个女孩儿说："我还没赚钱，给爷爷买不起营养品，要不你替我向爷爷尽尽孝心？"

女孩儿有些懵，不明白他是什么意思。

他说："我奶奶死了四十年了，爷爷肯定忘了女人滋味了！"

听他这么一说，女孩儿有些懂了。半天，才红着脸指着他鼻子说："你拿我当什么了！亏你也想得出！"

他搂着女孩儿说："你不乐意拉倒，就算我白说。"

"你也不想想，这种事有哪个正经女孩儿乐意？"

"正经，都他妈装给人看的！"

几个月后，爷爷离世了。离世前，已说不出话来的爷爷迷离的眼睛在人群里寻找，看到孙子时目光站住了，而后才慢慢合上了眼睛。

那是一个男人对另一个男人的表达，乔杨怎么会不懂。

乔杨与前妻相遇，也颇具传奇色彩。或许是他反其道而行之的性格，决定了他以后婚姻的成败。

一个夏日的傍晚，乔杨趴在三轮车上写小说。他小说里女主人公的原形，就是中学时代连正眼都不瞧自己一下的那个女生。

突听有人问他："有王小波全集吗？"

他眯缝着眼打量着眼前的女孩儿，她说不上漂亮，那双单眼皮的眼睛里却充满了当下许多女孩子少有的灵锐之气。她蹲在地摊前翻书，高挑的身材和充满活力的曲线从紧裹着的牛仔服里透了出来。

女孩儿见他只是看着自己也不说话，把嘴一撇说："就你这个卖书法儿，怕半个月都开不了张！"

乔杨嘴角向上一翻，乐了。他那张有棱有角的长方脸，一乐就有了很多故事，生坏生坏的，透着没有多少经历的女孩子难以琢磨的神秘。

"还乐，我要是你得扎到哪儿哭去！"女孩儿的话听不出恶意，很像当下的孩子们在"论坛"里与人聊天时的语气。乔杨也常上网聊天，这样的女孩儿他见得多了。

"你还真说错了，我这叫精神生活和物质生活两手抓！"

"两手抓，却两手都不硬！"女孩儿好像无心再跟他胡侃，转口说，"说正经的，王小波全集你有没有？"

"家里有，明儿给你带来！"他也无意跟她矫情。

说实话，他家里还真没有。一向都是这样，读者要的书，他都说家里有，留下对方的联系方式，第二天一早到图书批发市场进货，如果那里也没有，等书来了他再通知对方。也别说，这种方式的确吸引了许多回头客。

"你可别拿盗版书对付我。纸张粗糙，错字连篇，就像进厕所见到谁的大便没冲一样让人恶心！"

女孩儿的话引起了他的注意，认真地打量了她一番说："许多人到我这儿就是冲便宜的盗版书来的，你倒好，偏不！"

"亏你还写小说，我看你这种思维方式也写不出好小说。"女孩儿站起身，两手插入后脑勺的衣服领子，理出被汗水渍湿的头发。她的头发真长，垂到了屁股上，挺性感的。

"你怎么知道我写小说？"乔杨好奇地问。

"中文系一位学姐说的，她说学校门口有个卖书的臭小子，天天蹲在三轮车上写小说，可他卖的都是盗版书，还有黄碟。她说那小子被'工商'追得像浪鸭子似的，还恶习不改地跟他们打时间差。"女孩子咯咯地笑了起来，身后的长发一波一波的好像也在笑。

乔杨板起脸说："你也不想想，我若卖正版书，还要有证经营，那些搞公务的还有事儿干吗？再者说了，我一边卖盗版书和'大黄'，一边涂阳春白雪的鸦，才显示出我出淤泥而不染，同流而不合污，精神和物质这两只脚走的路截然不同！"

"哈哈……"女孩儿乐得更欢实了，"你把卖狗皮膏药的把戏玩到了极致，不愧是人渣里的VIP！"

"谢谢赞美！"

"你看上去胃口挺大，不像那么容易能满足的！"

他被女孩儿的话逗乐了："好像我的胃是口袋，是翻在外面专供别人瞧的。你是学什么专业的？"

"机械。怎么了？"

"我说呢，不仅会拆机器，还能把人拆开了看！"

路灯亮了起来。女孩儿说："我得去阅览室了，别忘了明天把书带来！"

"你干吗一定要王小波的书？"

"这是我的秘密。"

女孩儿说完，长发使劲一掠，转眼间化成了一缕夜霭，飘然而去。空留下来来往往的车流，在他眼中穿梭。

买《王小波全集》的女孩儿，勾起了乔杨的一些小心情。

"人家是大学生，我算个屁"，他骂自己，"不过，我他妈的就算是个屁，放时也一定要带响儿的，最好还带着点臭味儿，腻歪几个算几个！"

11

第二天傍晚，要买《王小波全集》的女孩儿果真来了。

乔杨从三轮车里拿出一个塑料袋说："全在这儿了，正版的。"顺手牵起她的一缕长发问，"养了多少年了？"

"五年了！"女孩儿笑眯眯的，有点像刚吃了熟透的甜瓜，嘴角上还留有糖汁。

"以后我要交女朋友，也要她为我养这么长的头发！"

"得了吧，我都想把它剪了，若不是——"女孩子突然住了口，斜睨起眼睛看他，"你还没有告诉我这套书多少钱呢？"

"白送你了！"

"嘀，还有这般好事？我可领不起你这份陌生的人情！"

"咱们都第二次见面了，你怎么还说陌生？"

"那你知道我叫什么？"

"还有我不知道的？"

"你说。"

"你姓女，名人，俩字一并叫女人！"

女孩儿听他这么一说，大笑起来。指着身边来来往往的人说：

"这么说，你跟天下的女人都认识？"

"差不多吧，我闭着眼睛就知道她们的鼻子眼睛长在哪儿！"

"哈哈，鼻子眼睛若不在该在的地方，那是怪物！"

女孩儿说完去翻书的定价。

"别看了，定价也不是我进书的价。这样吧，你赶明儿请我吃顿饭就顶了书钱。"

"也好。"女孩儿把长发一甩说，"你可别往歪处想，咱们只是礼节性的吃饭，我可是名花有主的人。"

"你也没有漂亮到让我心生邪念的程度。就这么定了！"

还没有等到女孩儿请乔杨吃饭，有一件事就发生了。

一周后，天色已经很晚。乔杨正收拾书摊，看到那个女孩儿向自己走来。只是，今晚的她不似前两次见时那么阳光。

"你，有事……"他问。

女孩儿什么也没说，只是双手反剪在身后，脚不停地踢着他刚刚理好的书。

"有事就说，也许我帮不上什么忙，至少能替你出点馊主意。"

"我，我怀孕了。"

乔杨把双手一摊，乐了："这忙我可帮不了，又不是我给你搞的。你，你还是找你准孩子的爸去吧。"

"我跟他说了，他让我自己去医院把孩子拿掉。"

"哼，哪有这样的男人呀，占了人家的便宜却不想负责任。"

"他是我们的系主任，也有苦衷。"

"我没问你，干吗把底儿抖搂给我。就不怕我把你卖了？"

"你？"女孩儿盯了他一眼说，"你不会！"

"可别这么说，你又了解我多少？"

"大凡写字的人，无论外表看上去多'流氓'，在他心底还是有点'品'的。否则，文章的内涵也高不到哪儿去！"她把话锋一转，"你能陪我去医院吗？再帮我找个临时住的地方。我不想让寝室里的姐妹们知道这事。我是从农村来的，怕传出去……"

"我倒有间小破房，就怕你不肯住。"

"半夜下饭馆，有啥算啥吧！"

"是啊，你都这样了，还有什么肯不肯的！就凭你说的那个'品'字，我也真想帮你。不过，也不是我说你，像那样拉完屎连屁股都不擦的男人，也不值得你跟他好。"

"他帮了我很多。一个女孩子孤身在外，又没有任何背景，还能靠什么？"

"要么我的许多哥们儿都恨自己，为什么不是女人呢！"

女孩儿打断了他的话："帮就帮，别说这么多废话。我也不是乱来的女子，我不爱他，也不会跟他。"

"犯贱的女孩子怎么都让我碰上了！不过，我能理解，一个男人在这个世界上混都不容易，何况小女子呢！就这么着了，明天早上九点你在学校门口等我，先陪你做手术，然后再做'三陪'。"

"这是你乐意的，我可不付费！"

"如此消费我又不付账，那你起码得告诉我，你叫什么吧？"

"何美美。"说完，女孩子转身要走。

乔杨喊住她说："我还有一个问题，你说买王小波的书是个秘密，为什么？"

"我想和爱人到王小波的墓前，把书一页页撕下来铺到地上，做爱！我曾爱死了他的一句诗，'走在寂静里/走在天上，而阴茎倒挂下来'，这种本真的生命状态，给了我最不可想象的意象。"何美美扭过头，淡然地说，"以前是，从明天以后就不是了！"

"嗬，我见过疯狂的，还没见过像你这么疯狂的！"他觉得自己已是不顺南不顺北的一个另类了，不想，又碰到了更加绝对的一个。

在乔杨的瞠目中，何美美默默地走了。

12

第二天早上九点，乔杨准时来到学校门口。

时间已过，何美美还没来，他有些沉不住气了。打电话，她也不接。想一走了之，又怕她出了什么事，空对了抬举他的那个"品"字。

半小时后，何美美来了，脸色土灰，看上去没有睡好。不过，更让他吃惊的是她的长发却剪短了。在远处看，像男孩子似的。

"我都认不出你了。"他感慨叹道，"可惜了像黑缎子一样的头发，它又招你惹你了？"

"头发是女人的心情，有时却可以做男人的帮凶。头发越长，被男人伤害的可能性越大。从今天开始，我不会再让它当线，交在男人手里牵着了。"

"丫头，跟我走吧！"乔杨说着，摸了摸她的短发，头茬很硬，有些棘手。他嘴角浮起一丝笑意。

"人家都这样了，你还笑！不许你笑！"何美美举起拳头在乔杨胸口上捣了一拳，却"哇——"地叫了一声，边龇牙咧嘴，边不住地甩手。

"这叫想吊死别人，不小心自己却被绳扣圈住了，自食其果！"乔杨乐得肚子都疼了，凑到她的面前说，"你要打男人算是自讨苦吃，男人即使不动手，疼的还是你，我教给你一招吧，要用手掐，懂吗？"见何美美眼圈红了，他意识到自己贫得有些过分。

陪何美美做完流产手术。见她虚弱得像一只受伤的小鹿，顺从地听他摆布。乔杨第一次有了被需要的感觉。被需要说明自己重要，一个人一旦感觉到不可或缺，身上潜在的善良也会激发出来。

给她洗血染的内裤时，何美美哭了：

"你是唯一给我洗这东西的人！"

"我也是第一次给女孩子洗这玩意儿。老话可说了，洗女人月经裤的男人会走霉运，不吉利！"

"老话，老话，若信那些东西，女人只得大门不出二门不迈，笑时连牙都不能露出来。若信那些东西，时代也就别发展了！"

"可有些东西，细想想还是有些道理的。"

"这话从你嘴里说出来，咋比怪味豆儿的味儿还怪呀！说真格的，你当我的男朋友吧！"

看何美美一脸正色，乔杨收起浮到嘴角的玩笑："你想当我身边若干女孩子中的一个，我倒没意见！"话刚说出嘴，他自己也被逗乐了，还有比这话更像玩笑的吗？

"那不行，要么要我一个，要么你就要若干个她们！"

"只能二选一？"乔杨歪着头，一脸坏笑。

"嗯！"

"凭什么啊？"

"就凭有一天，也许我会做你老婆！"

老婆二字像一只小兔子撞到乔杨胸口上。柔柔的软软的，有一股痒酥酥的东西在心头泛起来。他闭上眼睛感受了一会儿：

"有些话，是不能随便说的！"

"明年我就毕业了，那个家我也不想再回去。系主任曾答应过娶我，可我怀了孩子他又变卦，说他已是副校长的候选人，若跟自己的学生结婚怕误了前程。嗐，不提这个了，想起来都寒心。"

从何美美做了乔杨女朋友的那一刻，他就没有停止过疼爱她。她的经历，唤起了他内心中柔软的东西。她对他说，她从四岁起就是个没妈的孩子。她妈跟一个男人跑了，她爸只疼她哥，还爱喝大酒，对她除了吃喝别的从不过问。所以，她从思想上来说，不但没妈，连爸好像也没有，比孤儿还孤。

乔杨从没有问过她，为什么选择自己当丈夫，虽然他一直都想知道。他既不是大学毕业生，又没有一个固定的职业。虽然后来做了婚礼主持，凭自己另类的主持风格在全国婚礼主持人大赛上拿过金奖，是圈子里有口皆碑的婚庆主持人，收入也足以养家；但是，那些心高气傲拿男人做翅膀的女孩子，像他这种没有物质基础又看不到明天的人，是没有人愿意把青春抵压给他做老婆的。

乔杨欣然接受何美美，还因为父母不止一次恨其不争气地说，像你这种要什么没什么的"混混儿"，正经姑娘是不会嫁的，打一辈光棍儿去吧！何美美的出现，就像天上掉下的林妹妹，在父母那里给他长了脸。虽然父母不大喜欢她，说她面相不善，毕竟儿子的婚姻大事有了着落，也没再说什么。

乔杨还是有事瞒了何美美，那是他自己的秘密，为了她好，当时他不能不这么做。他庆幸何美美对此一无所知。否则，她那小脾气是饶不了他的。

为了何美美，乔杨自动了断了与所有女孩子的交往。他觉得自己的老婆虽然顶不上一个花园里的花，但是为了婚姻的天长地久，丢弃以前的生活方式是必须的。再说，那些花儿，也不过是把自己暴露在天空下，任蜂儿蝶儿来采的。细想想，每一个过程无不像从复印机里复印出来的。

13

也有过一次意外。

乔杨结婚不久，初中同学举行聚会，他去了。让他无论如何都没想到那个女生也在。他尽力不去看坐在对面的她，怕自己的目光与她相遇，会勾起已渐渐沉睡了的青春时光。

料想不到的是，他去卫生间时，她也跟了出来。

走到一处墙角，她拦在了他的面前。这还是她头一次这么目不转睛地看着他，他心头腾起一股朦胧而又模糊的热浪。为她写诗的岁月好像被猛捅了一下，兜头罩下来。他感到双腿有些撑不住心情的重量，手扶到墙上。

"我就开次小差儿吧，只这一次！"乔杨把她圈进臂弯的同时，在心里骂着自己，男人就是这么没出息，意志力永远扛不住本能。在自己喜欢的女人面前，再硬的骨头都会酥的。男人扛着原则的大旗时，是因为没有遇到自己真心喜爱的女人。

她看似平静，丰满的前胸剧烈地起伏，还是把她的心情出卖了。

她伸手摸着他刮得青魆魆的胡茬说："我有一个梦想，却永远成了梦想。"

她温泉一样的声音，流进乔杨的内心，溅起了不小的浪花。这种感觉在他还从来没有过，就是和何美美在一起都没有过。他闭上眼睛，任那只小手在自己脸上轻轻地滑动。她的手好软啊，他有一种从未有过的迷幻之感，初恋时所有的想象又重回了。他希望那只手，像一片片花瓣漂在清冷冷的水上，随波荡漾，永远不要停下来。

　　她勾住了乔杨的脖子，他自然地把她揽入怀中，脸贴近她的脸。他只是想更近地感受一下她，她却吻了他，双唇死死地衔住他厚实的舌头，像饿极了的孩子吃奶般贪婪地吸吮。不仅如此，她的舌头还在他的口腔中搅动，与他的舌头绞在了一起。

　　乔杨想起早年读过的一篇小说，名字记不起来了，情节记不起来了，但一个细节却真切如初，甚至其中的句子还能复述下来：

　　　　男人和女人接吻时，女人一口贪婪地吸住男人的舌头，男人立刻被火辣辣地舔了进去，任凭怎么样也抽脱不出来。这时他才晓得了她这一吸的厉害，不是温热，不是柔软，而是一股狠劲，恨不能把他的整个生命都吸吮下去，恨不能立即吊死在他这棵树上。男人受不住了，用力摇动舌头。再吻时，不敢再长驱直入，只把舌尖探在她口腔里，不让她有把自己附着在上面的安全感。

　　乔杨明白这种感觉，接吻不仅是生理活动，有时也是心理活动，从吻语中可以把对方的情感读得痛快淋漓。不能确定被爱的人，唇舌是试探性的，给自己和对方都留有余地。一方的爱深于另一方时，深爱一方的吻，大有想收复失地的进击性；浅爱的一方，则有些心不在焉或貌合神离，往外抽脱的感觉强烈。逢场作戏的两个人，虽然两个人口舌生花，却也都是技巧性的，没有互相爱慕时的拥有感。一方以占有为目的，而另一方以献身为手段，实质是为结果服务的，施吻者下嘴往往比较狠，好像花了钱就得物有所值似的，献身者则百般讨好，呻吟声无论多激跃，也像一张薄而脆的纸，一捅即破。

不用问，她过的可以说一点都不幸福，否则，她的舌头绝不会像揪住最后一根稻草一样，死死攥住自己不放！这些想法刚在脑海里出现，他的身体即被她热呼呼的身体死死地贴住了，再也容不得他多想，血一齐涌向头部，使他意识全无。手不由得伸向她的前胸，她那里的感觉真好，丰满而有弹性，他宽大的手掌都把不住它们。而何美美那里却很小巧，攥着在手里都有不小的空隙。为此，何美美曾说："我的胸太小了！"乔杨说："挺好的，我的手正好能攥住它！"他说的是真心话，爱一个人时，她的缺陷也成了特点。饱满的胸他不是没见过，由于不爱她们，肉欲之后的内心却更加空旷荒芜。

搂着自己的初恋，乔杨甚至想，那时生活中若有她该多好，为了她，他也会洗心革面发奋读书，凭自己的聪明劲，别说考上名牌大学，就是成为某一领域的人物也是有可能的！男人不成气候，有时是没有遇到并为之去奋斗的好女人！

吻得几乎窒息，乔杨大口大口吸气时，意识又探出头来。他恨自己拿她和何美美比较，也恨自己拿其他女人和她比较，她像一朵盛开在自己青春岁月的白百合，是没有谁能与之比肩的。

"我爱过你，曾那般狂热！那时，你为什么——"乔杨把话头止住了。事到如今，再说什么，再知道什么，都是一声无助的叹息，一点用都没有。

"我老公，明天上午不在！"她回避了乔杨的问题，语气慢而且轻。

乔杨有些不敢相信自己的耳朵。望着她那张不难看，却被时光或经历多少改变了模样的脸，他的内心有些纠结。青春的时候多少次想过这事，诗句里也曾流露过，哪怕有过那么一次！可现在，若只是为了却这一念想儿，她和自己以前交往的那些女人还有什么区别？若只为了这么一次，自己所有的初恋时光，是不是会蒙羞？

他靠在墙上，掩饰不住失落地说："还是，留下些遗憾吧！"

"你什么意思？"她有些羞赧，声音挑高了不少。

"我是个俗人。"乔杨颓然地说，身上那团燃烧的烈火不知什么时候熄了，"我有一个梦想，现在仍然还是梦想！"他迟疑了一下，从她身边抽开身子，像小说里那个男人抽离舌头，扔下她，头也不回地往厕所走。如厕时，头一次没有了久久等待之后一泻千里的痛快。

返身回来，看到她还木然地站在那儿，双臂抱肩，头垂在胸前，好像很委屈的样子。

他有些不忍，低声劝道："进屋吧，要不同学们会多想了！"

见她仍然站着不动，去拉她。她却闪开了，转身向楼下冲去。他没去追她，而是默默地向包间走去。

当年追求她时，她像一幅至美的风景，他一路为之等待，为之奔跑，为之追赶，却永远跟不上她移动的速度。有性的成分，却绝不止是性这么简单。若只为了性，他也不会付出留级，父母恶骂，老师没头没脸地指责及被旁人耻笑的代价。

一句"我老公，明天上午不在"，那么轻，却把生长在他心里多年的梦连根拔掉了。他之所以表现成一副愤世嫉俗不伦不类的样子，也是因为心里还有梦想，并为之苦苦追寻。他的瞳孔涣散了，眼前的一切变成了一片散发着难闻味道的废墟。

看来，她一直是不懂他的。

她不懂他。何美美又何曾懂过他？

这一夜，乔杨喝得烂醉。

14

回到家，何美美一反常态，对乔杨格外体贴。即使他抱着马桶狂吐，她也没有像往常一样嫌气。洗澡时帮他搓背，甚至使他身上的血像开了锅的水，热气从每一个毛孔处直往外窜。这在往常也是没有的。

庆幸和失落，像两根藤蔓纠集而来，爬满他的全身，它们的须根却以同样的方式直往他的肉里扎。他身边的女人，一会儿是何美美，一会儿又是那个女生，后来混乱得分不清谁是谁了。

他搂着她，像搂着世上仅剩的唯一的亲人。

他需要她，从来没有像现在这样需要她来宽解，来拯救。使自己找到一个支点，平衡着几近塌成了空洞的内心。身边的女人却疯了似的捶打他的前胸，大喊疼死我了。他这才翻身把女人卷到身子下面，不解风情的席梦丝床，却跟着吱吱嘎嘎地大呼小叫起来……

也就是这一夜，何美美早有预谋地在避孕套上扎了许多洞，醉醺醺的乔杨毫无察觉，竟一枪中招怀上了孩子。事后，何美美也没说，直到肚子有些凸起，再做流产已不可能时，才告诉他。

乔杨不是不爱孩子，他认为要孩子就必须做好充分的准备。省得孩子懂事后指着老爹鼻子骂：你经过我同意了吗，就生下我？你没有能力让我赢在起跑线上，干吗还让我来到这个世界上？你们为了一时快乐，却让无辜的我做痛苦的牺牲……诸如此类的问题他曾经问过父母，当时父母气得浑身哆嗦，却无言以对。他不想让孩子也这么骂自己，因此一直不想要孩子。

他从没有这么失败过，要孩子是两个人的事，却都由不得自己。真不知何美美这样的女人，以后还会做出什么事来。想到这些，他的肝都有些发颤。

女儿一生下来，乔杨就爱上她了。孩子已然来到这个世界上，身为父亲就没有理由不爱。他不想用父母对待自己的方式对待孩子，要任她自由发展，想怎么快乐就可以怎么生活。至于远大理想，自己都没有，又何必像紧箍咒一样套到孩子头上！

除了工作，妻子和女儿成了他的中心。经过了醉酒的那一夜，初恋的女生也不过如此地被他淡忘了。晚上将孩子哄着，看妻子睡下，把该洗的衣服洗净晾好，再让自己泡进文字里，他觉得不愧忙忙碌碌地活着。

说来也有意思，以前他把写作比成让灵魂有个歇脚的地儿，让心理垃圾有个堆放的地儿。如今，他说它更像一只坐惯了的马桶，可以让自己痛痛快快地排泄一番。尽管自己心里再窝着怒气，杀人放火，自己的日子过不好也不让别人好过的事，他从不去做。不是不敢，是他觉得于己于事毫无意义！虽然血性还在，毕竟自己老婆孩子都有了，像当年跟整个社会风气作对的事，无异于"精沟子男子坐石头——以卵击石"，输的永远是挣扎在最底层的人，这又何必呢！

有天夜里，乔杨坐在电脑前写作，何美美在身后说："别犯傻了，就凭你这号人还想当作家，做梦去吧！你看人家'三句半'做DJ不过是闹着玩的，跟他哥做物流生意才是正道儿，天天把老婆孩子哄得屁颠屁颠的。你还是醒醒盹吧，该干嘛干嘛去！"

这样的话，他听了不止一次了。可今天听来他觉得那么刺耳。他趴在三轮车上写的那部长篇，本来有一家出版社说给出的，临签合同时又说出不了。何美美却以此作为了话柄，说他泡制没用的垃圾，有那个时间剩着心眼儿多赚钱多好。这让乔杨的自尊心很受伤害，他可以自己视那些东西为垃圾，别人说，尤其是他的妻子也这么说，一来是她从没有真正走入他的内心，哪怕是试图想理解他也没有；二来他有许多想法，现实生活中不可以让他实现，写作不过是让自己的灵魂变得自由随心所欲的方式，而她从不曾懂得在这个过程中，他想要的是什么。钱，钱，钱，除了钱，除了爱钱，好像亲情在她是隔日菜一般，多吃一口都感到了厌倦。

还有，何美美若不提"三句半"还好，一提乔杨就气不打一处来。这么多年的哥们儿了，他还不了解他？是哥们儿，就不能揭他的老底儿，哪怕是跟自己老婆也不能，这是他做人的原则。他心里憋屈极了，又不好说让她不高兴的话。夹在手中的烟被他使劲攥起来，再展开时，发黑的烟蒂掉到地上，一股浓浓的焦糊味儿弥散开来。

何美美却不领他的情，他做什么好像都是应该的，而且还远远达不到她所要的程度。

没离婚时，他对何美美的好在朋友中是出了名的。洗衣做饭看孩子，只要他不去工作，这些活都揽在自己身上。她爱吃鱼，他就隔三差五地河鱼海鱼轮番上阵。她的小姐妹来他家串门，曾找乐儿说，一进你家，好像掉进了鱼坑。何美美却不满足地拿别人跟他比，"你看人家谁谁谁"，"人家爷们儿多疼媳妇"，"人家老公多能赚钱，多有本事"……

一句句"你看人家……"，似看不见的阴虱，吸附在乔杨最隐秘的地方，大口大口地喝他的血。抓又抓不得，挠又挠不得，说又说不得，折磨得他想撞墙的心都有。乔杨本以为自己生就了一副能驱虱避虫的中草药百部，不成想还是有那么多是自己抵御不了的。

15

乔杨离婚几个月后，白玫才从小佳口中得知这一消息。小佳说她也是刚听老邻居说的。打电话问乔杨，他说有这么回事，具体为什么却不说。小佳说，他不是能缄默的人，不说此事，一定有无法说出口的原因。

毕竟白玫还没离婚，拒绝他，怕刚捡了一条性命的他心情上会雪上加霜；对有许多变数的将来说许诺，又恐他抱了个热火罐，最后却不能让他如愿，空欢喜了一场，也是她不愿意为之的。

和乔杨在一起生活的场景，她也设想过。

他一心一意对前妻好，也会对自己好，白玫相信这点。只是，他桀骜不逊的性格，欣赏和接受却是两个概念。刚从一场不堪的离婚大战中脱身，紧接着卷入另一场婚姻，这是她想都不敢想的事。而且，刚进门就有个两岁多的孩子喊妈妈，要自己照顾，这是难以想象的。

乔杨那么爱他的女儿，儿子蛋蛋白玫带的时间都少，这是横亘在他们之间的一个沟壑，她怀疑自己没有跨越它的勇气！他的父母更令人心生畏惧，即使乔杨可以保护自己，婆媳间关系不睦，也会影响夫妻二人的感情，从而影响到每天要面对的日子。

如果，所有的婚姻都只不过如此，干吗丢掉现在所有的，再让自己经受也许更为不堪的另一次？

白玫陷入更加剪不断理还乱的混沌之中。

第四天

1

天灰朦朦的，有些嫌腻。心情不好的时候，或许没有比一个洒满阳光的早晨更好的礼物了。

手机上有未读短信。白玫以为又是垃圾短信，翻开前懒懒的，看到内容的那一刻，顿时来了精神。

信息是王力妻子发来的，昨天晚上打电话时，她说王力到国外的公司总部去了，要过些日子才能回来。不过认得几个与丈夫交好的大学同学，向他们了解一下，看有没有人知道。

信息中说，要找的白玫当年只上了一年半学就莫名其妙地退学了。不过，她给了一个名叫杨宇帆的电子邮箱，说当年他跟白玫有过一段短暂的恋爱。他大学毕业后，一百八十度的大转向，出人意料地报考了物理学方面的硕士，后来到美国哈佛大学读博士学位，成为当时的传奇。到美国后，他与大学同学几乎断绝了一切交往，邮箱地址是一位热心的同学在网络里搜到的，不知现在还能不能用。

虽然没抱多大希望，白玫向他发出了一封情真意切的求助邮件。

出乎意料的是，杨宇帆的回信马上传了过来："对不起，我没有她的任何消息。望你转告，既然事情过去了这么久，钩沉往事，已没有任何意义。自己挖的坑，还是让他自己填吧！"

"自己挖的坑，还是让他自己填，"看似冰冷，却包含了许多内容。白玫拿出记者为了挖新闻，不达不目的不罢休的劲头，回信说："从人性的角度，咱们这些善良的人应该理解他的心情。我与路一鸣非亲非故，自己身边的事已纠缠不清，不是受好友之托和对一个重病之人的恻隐之心，也不会这么做。你非常出色，一定有非常优秀的品质，如果不介意，还望你提供一些线索，哪怕是过去的也行，或许对这份艰难的与时间赛跑的寻找有所帮助。"

"虽然不曾谋面，你的真诚还是打动了我。我这里有一些东西，不知会不会帮助到你。这之前，先把你真实的个人信息与身份证照片传过来，核实无误后再传给你。我发你的内容，绝不可外传！谨记！"

"是什么要物，好让他对我如此'政审'的？内容一旦外泄，他难道会穷追我的法律责任不成？"白玫觉得这个人真怪，不过，还是照办了。

挨到下午四点，终于收到了那封期待已久的邮件。打开附件的那刻，白玫兴奋得像摸到了头彩，所有的不理解都烟消云散了。

2

那是相机拍下来的几封信件，信纸已经发黄，上面印着蓝色的条格。信纸折叠处的痕迹非常清晰工整，收信人一定是宝贝着它的。还好，像素足够大，尚可以看清。

太出乎意料了，难怪杨宇帆如此不放心，原来是被寻找的白玫当年写给他的信。

关于字如其人，我国古代及西欧国家许多学者早有研究。西汉文学家杨雄曾说："书，心者也。心画形而人之邪正分焉。" 据心理学家分析，字迹是一个人智力水平和思维逻辑的具体反映，与人的性格和心理素质不无联系。

凡是笔画轻重均匀适中，说明书写者有自制力，稳重，对自己所喜欢的工作能竭尽全力去完成；反之，凡是笔画不均匀的书写者多半是个脾气暴躁、喜欢破坏和妒忌心强、喜欢背后做小动作的"阴谋家"。笔画过重的人比较敏感，笔画轻的人往往缺乏自信。性格直率的人写的字都很直硬；而处事圆滑的人写的字弯笔较多，转折处多以弧形带过。性格张扬的人写的字如天马行空，放荡不羁；而内敛的人写的字则严谨认真。性情刚强的人一笔一画都显得干净利落方正坚硬；而性情软弱的人，则字体就相对无力，柔弱得多。

信中，白玫的字给人的第一感觉是扑面而来的隽秀，大小匀称，只是方块字的"肩胛"处常用圆弧，有"口"字边或"口"字底时，会画一个圈，字尾的竖提或弯勾偶尔有涩笔。给人的感觉好像不仅在写字，更像是在作画。毕竟不是心理学家，她无法从字体上窥视出其性格。

前几天的《寻找白玫》，白玫是根据被自己寻找的主人公的真实生活，进行的合理想象，而现在可以真实地感受她，白玫有些喜出望外。

寻找白玫

宇帆：

这是我写给你的第一封信，不知道它是不是最后一封。原谅我这么说。

几年来，我一直睡眠不好。昨夜却睡得很沉，我自己都感到惊讶。这都是你的功劳，我怎么会不知道！想起一段时间以来我的表现，直感觉愧对于你的一片至情臻美的苦心。

班里关于我的风言，我早有耳闻。那个女"官二代"就曾当着我面指桑骂槐地对同学说："不就是赫赫有名的大教授女儿吗，有什么了不起，凭借他人的高枝炫耀自己，有什么可高傲的？脸像天使，心却如魔……"对此，我不愿意理会，也没有心情理会。在安静中学习，不长于扎在人堆里唧唧喳喳，我觉得舒服宁静而又安全。

　　你是个出色的男生，不仅表现在学生会的工作能力上，学业上，还有做人上。这些虽然你给我的信中从没提及，我都看到了。尤其是对我，就像一个喜欢破冰的人，不管我怎样对你，而你却执意走近。我嘴上不说，却全然感知到了。

　　"我就像系在你花枝上的铃铛，一举一动无不关乎我的喜怒哀乐，你知道吗，玫儿？在上期的《散文》杂志上读到过你的散文。你说：'像海德格尔喟叹的，吃草的牛被人们强迫吃下羊的脑髓时，人的心肠也早已经变冷僵硬……'还有在报纸上发表的那篇，你说：'常常会找不到自己。有时做了某件事，交往了某个人，付出了一腔热血，到头来，我们都收获了什么？伤痛是生命里的记忆，可一切梦一样让我们怀疑那个走进故事的人，是不是我们自己。尤其是女人，情感若水中的鱼儿。虽然至清无鱼，但水若太过污浊，她也会因缺养而窒息。有多少鱼儿有幸能换得起承载生命的池塘，又有多少鱼儿有新池塘可换，就是有，又难保那池水不是被污染的。'玫儿，从你的文字中，我看到了你的绝望，你有过什么样的经历，好让这么年轻的你，黯然神伤的？我亲爱的玫儿，你告诉我，我如何才能破除你冷漠的壳，走进你的世界，陪你在漫漫的人生路上步步比肩行？”

读到你信中的这句话，我眼里起雾了。真难为你这么细心地收罗我的心灵垃圾。你为我所做的一切，哪怕只是一个关爱的眼神，哪怕是一句体贴的嘘寒问暖的话，哪怕是默默地放到我桌上的午饭，已经把我紧锁的心扉一点点开启了。只是，爱情这两个字，让我感到恐惧，我真怕自己没有这个能力，辜负了你。因为，有许多话不是容易说出来的。水到渠成的时候会的，却不是现在。

咱们天天见面，用文字的形式说话，我觉得比面对面容易得多。这是旧疾，难以一下子改掉。谅。

玫儿

1991年10月19日夜

3

宇帆：

写了给你的第二封信，完全出乎我的意料。更出乎我意料的是，作为学生会主席的你，竟为了我和别人干架了！

昨晚自习回宿舍时，发现没有卫生巾了，院内的小卖部没有我喜欢用的那种，便去院外的小超市买。路过校旁那片幽静的小树林，两个头上戴着头套的男人跳出来挡住我的去路，让我叫他们爷爷方可通过。我自然不会叫的。他们不容分说地将我拉进林荫深处。

其中一个揪住我的头发，另一个上来用手把我的脸使劲扭向一边说：“瞧你这骚样儿，不过就是坐台女，都能上的！”说完，还往我身体上冲撞。

我大叫起来："你们想干吗？"

"大半夜的截你，你说还能干吗？你不是爱犯浪吗，今天你不浪就别想走！"

他们把我推到一棵大树旁，揪我头发的男人脱下了脚上的袜子就往我嘴里塞，另一个男人上来扯我的衣服。

他们钳得我死死的，甩又甩不掉，逃又逃不了，喊又喊不出。我万念俱灰，死的心都有。除了恨眼前的男人，我更恨自己。恨自己没用，恨自己为什么生为女子，恨自己为什么没有长男人的蛮劲儿，恨自己为什么会生在这个世界上，恨倒霉事为什么都被我碰上！

几声抑制不住嗤嗤的讪笑，很轻，我还是听到了。从笑声的尾音后接着吸鼻子的声音，我一下子就猜到是谁了。虽然我看不到她，却知道就是咱班那个女"官二代"。她仰仗父亲是政府官员，家里背景深，飞扬跋扈，同学们都不敢惹。虽然我无意与人接近，却也无意与人为敌。井与河是两种形式的水，本来谁也犯不着谁的。或许看我不像其他同学一样供着她，觉得眼中无她，便事事与我作对。小丑就喜欢自以为是地蹦跶，我何必自轻自贱地与她过招儿。

这一刻，我全明白了，她是想以这种方式教训我。

他们对我动手动脚还不满足，一个人死死按住我，一个人来解我牛仔裤上的扣子。我用脚狠狠地踢，那人却狞笑着说："再尥蹶子就撕了你！"在我胸脯上就是狠狠的一拳。虽然又胀又疼，但我告诉自己不能在这群浑蛋面前哭。

邻居小莲说，遭遇男人强暴时，既然无力反抗，就当他是性玩具一样的去享受他。极端行为中的刺激，是两情相悦无法比的。自己的意愿被罪恶强行掠夺，有什么乐趣可言！浑话！

阴暗里又传出几声欢笑。都是女孩子，她怎么会这么阴毒，怎么会这样对待一个与她无冤无仇的同性！

"哥儿几个，快来！"就在这时，你大喊一声，举着棍子快步跑来，同时传来树叶哗哗的拨动声。我像见到了救星一样，泪水终于流了出来。

他们一溜烟地跑掉了。

我顾不上自己的狼狈相，一下子软在你的怀里。你气喘吁吁地把我抱出小树林，来到街灯下。扶我坐在花坛的水泥台上，整理凌乱的衣服，我才注意到就你一个人。

"我怕自己不是他们的对手，才这么喊的！没伤着你吧？"

"没！"你关切的声音像一股温热的水，暖遍了我的全身。

"要知道谁干的，我饶不了他们！走，咱们去报警！"你气愤地说。

"有许多命案未必能破，更别说这个了！"我之所以这么说，主要是因为那个"官二代"有背景，查出结果，小则会不了了之的，大则吃不了让你我兜着走。我倒无所谓，主要是你，我怕你被他们毁了前程！

"真咽不下这口气！"你在一旁把手指捏得嘎吧吧直响。

"你怎么会出现在这里？"这是我心中挥之不去的疑团。

"这个——"你挠了挠头，语滞起来。

在全校大会上侃侃而谈，面对媒体记者有问有答的你，竟也有理屈词穷的时候。一种深及骨髓的感动甚至感恩泛将起来，便没再问你。以前有几次下晚自习回宿舍，曾无意中看到你远远地走在我身后。有一次到楼上，关窗子时，还曾看见你在窗子下面站了很久才离开。这次你也一定是在暗中护送我，保护我的。

我曾领教过美言的高手，行为的矮子；而你，却恰恰相反。

你上封信里曾对我说，你是在单亲家庭里长大的孩子。父亲有了婚外情，丢下年幼的你和母亲离婚了，你对女性在世上生存的艰难有一种深刻的体味。你说，母亲受的苦，绝不会让自己未来的妻子受的。你还说，你会发愤读书，终有一天会让梦想与现实在自己的努力与奋进的途中照面，让母亲和自己的妻儿帮你一起摘取丰收的果实。

我相信你一定能做到。

宇帆，你是个好男人，你越是卓尔不群，越是对我倾心，我越是有一种无法遏制的哀伤。我甚至想，如果你不这么优秀，或许咱们还有机会。早认识两年多好，哪怕是早认识一年……

感谢你救我，或许感谢二字太轻了。让我慢慢说给你，如果我们有将来的话。

给我时间，好吗？

玫儿

1991年10月30日夜

4

帆儿：

真是美妙的一天，已经很久没有这种感觉了。真的。

下午出门，我随意找了身浅灰色的线衫，白色的牛仔裤套在身上的。觉得颈间有些空，又拽了条红丝巾缠了上去。见到你白色的长绒衫和灰色的运动裤的那一刻，我暗笑了，彼此在冥冥之中好像被设计了一般。

你开玩笑说："瞧，不仅咱们的衣服很搭，站在一起个头、胖瘦，还有气质都挺协调的。咱们不成情侣，老天爷都觉得可惜！"

"错配鸳鸯的事多的去了！情感上的事，还是交给时间吧！"我真的不是在推脱，时间是一个大熔炉，不但能炼就金石，还能炼就人心。

以前醉心醉意的秋天，现在我越来越过不得了。万木凋零的样子，总让我想到无力抗争的生命。今天还好，虽然已是深秋，阳光像眷顾我们似的，笑眯眯地普洒着一腔温情。尘土飞扬的通向郊外的路，也显得有趣起来。

"那天，真——"

"呵呵，好话不说三遍。有我在，看谁敢再欺负你！"

"如果，我只是说如果，如果咱们是恋人，如果我被人强暴了，你还会接受我吗？"

"又不是你有意背叛我，有什么不能！如果真有那么一天，我会恨自己没有把你保护好。会更加疼你爱你，为你抚平伤口，忘了伤害。"你话锋一转，"你信里说的那个小莲，是你的朋友？"

怕你认为我和她是一样的人，我才把她的事讲给你。虽然称不上朋友，我心底还是体恤她的。那天她跟我说，她钓上了一个倒腾煤炭的暴发户。那个男人比她爸爸都大，孙子都有了。可是那个男人非常疼她，还给她买了一套房子，在他身上，她找到了久违的父爱和家的感觉。我问她，你是不是被他包养了？她说，我命贱，比不了你，打一落生就赢了。话又说回来，你没看见每到周末，你们外院门口有许多豪车吗？上车的那些漂亮女生，有多少不是被包养的？她要不说，我还真没注意这些。

"你怎么看这样的女孩子？"我是有意这么问的，你的许多观点对我非常重要。

"我不认同她的做法，却可以理解！"你调皮地对我挤了挤眼睛，"风把你的丝巾吹得像一面旗帜，你苍白的脸色也映得红扑扑了！"看到我笑了，你又说，"我就爱看你笑时的样子，娇若桃李，以后我要你天天给我笑！"

你把一只手搭在我肩上，我不用蹬车，车轮也转得飞快。这是我醉心的一种感觉，说到这儿……不免伤感起来。有些事我真想对你一股脑地倒出来，可是话到嘴边，又被看不到的塞子死死塞住，什么也说不出来。

太阳偏西时，我们来到一个不知名的地方。那是一条两旁长着树的小路尽头，原野上的秋玉米已经收获，成垛的玉米秸还没有拉走。袅袅炊烟像猫尾巴一样在不远处村落的上空翘来翘去。路旁有个不大的水塘，发黄的芦苇像个贪得无厌的人，几乎把水塘全部吞没。微风过处，像谁搔动了大地的痒处，指向半空的芦棒与浸着霞光的芦花，笑得东倒西歪，撞得沙沙作响。

"没有比土地再真诚的了，你付出多少，它就给你多少！"你帮我把自行车支好，在玉米秸上坐下来。

听你这么说，我有些羞愧难当。自从上大学以来，你给了我那么多心情，可我连一句可心的话都没给你掏出来。嘴上抹蜜的岁月，像挂在西边的落日，虽然看上去不远，可无论自己怎么跳脚也够不到。小莲那天还说过我，自从见到你腿破了白裙子上染血的那天，你怎么像变了个人？你要是不会甜言蜜语，我给你买瓶蜂蜜来。我说，你就是端个大蜂窝来也不管用。心里有蜜，嘴才会甜。

　　一群下了学的孩子跑过来，书包一丢，把鞋子扯下来。我觉得好奇，不知他们要做什么。只见，他们每个人拿出一只鞋子，把它们立着聚在一起，树成一个鞋靶子，然后用另一只鞋子去掷它。谁要是把鞋靶子掷倒了，大家雀跃而起，欢呼着纷纷跑去继续把靶子支好。

　　"他们在打鞋牌。"

　　"啊？鞋子也能当牌打！"

　　"这是农村孩子爱玩的游戏。咱们天津，前些年还有得木头的游戏呢！你一定是住楼房长大的，不知道，这是住平房的小子们才玩的。那时引火柴每家是定量的，要凭票买。男孩子总要玩点什么，可不像现在！我们就从家里抱来一堆点炉子用的引火木头，也类似打鞋牌的玩法，谁砍倒得多，往家里赢的就多。"

　　"打鞋牌是不是也为了赢鞋子？"

　　"呵呵，你不知道吧，那我可信口开河了！"你摭了一节玉米秆，把外皮剥开，取出里面白色的肉瓤，掰成一块块的放到一边。把秸秆有韧性的外皮撕成条状，掐齐两端，弯成弧度，插在瓤上。不一会儿，两个眼镜做好了。一个戴在我脸上，一个戴到你自己脸上，调皮地对我挤眼睛。

　　我忍俊不禁。

你一脸认真说："你笑起来的样子真的很好看。平时，为什么就不乐呢？"

你的话又戳到我的痛处。

有两个孩子对我们张望，小脑袋凑在一起交头接耳。他们一定猜想，难道城里已装不下我们，要不来这里干吗？他们单纯的样子非常可爱，可惜我们再也回不到那个时候了。

太阳几乎完全沉入地平线，只余下几抹未尽的和黛色交织在一起的余辉，像颜料没在调色板上调开，便拿到画布上随意试笔了。明黄、橙红与青黑形成强烈反差，又感觉混搭得清新巧妙。小鸟相互追逐，时而划出优美的大弧线，时而掀动出一个个小波浪。

孩子们不知何时已经散去。田野如此恬静，泛着浓重的带着土腥味的湿气。我靠着你的肩头，你的手臂紧紧地搂着我的肩膀。当你吻我时，才意识到这些。你的吻迟迟的，生涩极了，大气都不喘一声，却又泛着让身心都欢畅起来的香甜。只有情感，而没有使呼吸都变得滚烫的情欲。我第一次感到，吻竟然会如此干净清冽，比泛着肉味儿的更令人心旷神怡。

一切好像天经地义，容不得我拒绝。

我甚至想，你无论找我要什么，只要我拿得出的都会给你的。女人总要跨出那一步的，与其有一天被一个口蜜腹剑的猥琐男人拽过去，还不如让一个心灵阳光洁净的男子拿走。不管我们有没有将来，有没有永远，我都无怨无悔。

但是，你没有。

除了轻柔的怕弄疼我的吻，你连抚摸都没有。我握着你的手，发现你手上的筋骨绷得紧紧的。我恍然明白了，一个血气正旺的青年男子，没有不想这么做的，一个有极强克制力的男人，是责任感极强的男人，也一定是能做成大事的男人。

感动中，我把着你的手拉到胸前，看你只是把手像个锅盖一样扣在那里，一动都不敢动，便用手指教你怎么抚弄。你的手在颤抖，笨拙得可爱极了，我非常喜欢，因为我知道了它不是只有经验的老手。

"我不是随便的女孩子。"我声音压得很低，"如果你想要，就——"下面的话，终于没有力量说出来，羞涩得连我自己听着都无地自容。

"亲爱的玫儿！"你紧紧地抱着我，嘴唇不知该吻哪儿好，"玫，玫儿，我的玫儿，我又没有毛病，怎么不想呢！我想，还是等到咱们完成学业，你答应我求婚的那一刻吧！对你，我是非常贪心的，不想只要你这一刻，这一时，而是要你的一生一世一辈子！懂吗？"你说着，从口袋里掏出烟和火柴来。

"怎么，你也抽烟？"

"不，只是跟哥们儿起哄时抽！"

你点着烟，猛抽了几口，烟头泛起红光。你伸出左臂，把它按在了上面。我明白你的用意时已经来不及了，一股糊焦味儿泛了起来。

"这是死签啊，你为什么要这么做？你要知道它会跟你一辈子的？你后悔了怎么办？"

"如果一个男人玩弄感情成性，就是把胳膊烫成骰子都没用。我是认真的，这辈子只属于你一个人！"

"疼吗？"看着你胳膊上泛起的血泡，我鼻子一酸，泪水流了满面。

"这点疼算得了什么？你的冷漠与忧郁，才叫我真的疼呢！"你拍着我的背，没有一点悔意地说，"虽然你从不说，但是我知道你心里一定有个结，你心结一天解不开，就一天难以真正地接受我！以后，我要让你知道我多疼你爱你，为了你，我也要让自己出色，用我的能力给足你有安全感的幸福生活，让你心甘情愿地一辈子跟着我！而我，一辈子都不会辜负你！"

听你这么说，我哭得厉害了。你这样的好男人，是打着灯笼都难找的。再不接受你，便是我脑子有问题了。我的父母和姐姐如果知道了，也一定不答应我错过！

亲爱的，你说得不错，我心里是有结。它存在一天，就把我隔在你的心门之外一天。等我这几天将最棘手的事处理好，把一切都讲给你听。为你，为我，为我们心心相印相濡以沫的地老天荒！

怕扰了室友，我是照着手电筒写的。字写得凌乱，心情却全是真的。

彻夜未眠的玫儿

1991年11月16日

几天来，一次次希望被失望浇灭。得知有个好男人出现在那个白玫世界里的消息，对与她同名同姓的白玫来说却是意外的惊喜。不过，那都是陈年往事了。为她烫下死签的杨宇帆也不知道她的下落，还有谁会知道呢？

想到信里多次提到的小莲，白玫来了灵感，何不到她的老房子那里寻访一下。如果能找到小莲，或许仍有线索。

看快到儿子下学的时间，白玫匆匆赶往学校。想接他下学，带他去吃麦当劳，然后回家跟他亲昵一个晚上。如果说是尽一个母亲哄他开心的义务，不如说是母亲空落的时候，需要他来填充内心。

还是他上幼儿园时，她去接儿子，正遇上了来接儿子的子枫。蛋蛋排着队从幼儿园里走出来，看到父母一块来接自己，无邪的笑挂得满脸都是，小脖子一梗，腰板挺得倍儿直，骄傲得像个王子。老师刚下散队的命令，他就撒丫子跑过来。子枫一把将他扛到肩上，蛋蛋看着眼皮子底下的人群，双手一举，大声叫着："哇，我看到了全世界！"

"瞧，在孩子眼里，世界就这么小！"子枫说。

"谁说的，我的世界可大了！"蛋蛋不服气地大叫。

逗得人们直乐。

风很大，吹得白玫睁不开眼睛。天阴沉沉的，像要下雪。路灯亮了，等在学校门口的家长和走出来的学生越来越少。见蛋蛋半天没出来，白玫慌了神，走进教学楼找他。到他班级门口，却傻了眼，教室里的灯全黑了，门锁像一只铁嘴紧紧地闭着。她朝教室的门狠狠地踢了一脚。好像没有接到儿子，都是它的错似的。

一位女老师从白玫身边经过，看到她绝望的样子说："他们班今天下午临时没课，你这做母亲的难道不知道？"看白玫惊讶与歉疚的表情，她又补了一句，"学校里有校讯通，学生每天的作业与日程安排都会发给家长，你难道没收到？"

"谢谢您，是我忘了！"白玫为了给自己一个台阶下说。她非常自责，自儿子上小学后，与校讯通联系的电话号码留的一直是蛋蛋爷爷的，她怕写作时牵扯精力，也顺水推舟地把儿子的事推给了公婆。

白玫失魂落魄地走到街上，雪花纷纷扬扬，在路灯的辉映下像拍电影时洒下的道具雪，打在脸上不那么真实。她像被一只凄冷、落寞、忧伤、哀痛、卑微的小手紧紧攥着，行走在片场上，被一洞看不见的长镜头紧紧追逐。

她忽然感到，人间所谓的什么名誉、地位、权利、金钱、极度膨胀的欲望，其实什么都不是，只有亲人间的关怀与温暖，才是最真实的精神与物质。

6

在街上游荡了半天，手脚几乎冻僵了。一想到回家，白玫内心坎坷起来，房子不是家，有爱才是家。不知子枫是不是已经下班。一旦他在，两个人大眼瞪小眼，没准又得撞出一场硝烟。

白玫与子枫恋爱的时候，总想躲开众人两个人待着。那时已有了咖啡屋、洗浴中心或钟点房，单纯的他们却不知道那是情人幽会用的。有一次，他俩钻进了公园浓密的冬青树丛。公园里的冬青树不似路边那样一排排的，而是种成圆形的一大丛，像个绿色的大馒头，浓密的树冠下面有可以钻进人去的空间。如果不是下雨浇醒了他们，还感觉不到时间的存在。来到公园门口，发现大门紧闭，怕看门人没鼻子没脸地说，他俩竟翻墙而出。

那时两个人依偎在一起，即使一句话不说，只听着彼此的呼吸与心跳的甜蜜，怎么说丢就丢了呢！

她很想到一个暖和的地方坐一会儿，最好还有个好朋友相陪。心冷的时候，文字和朋友都是可以取暖的柴堆。她想到了肖朗。有些奇怪，这个时候为什么没想到小佳，没想到乔杨，想到的却是他？有意思的是，几年的相处，别说暧昧，就是连句准暧昧的玩笑或眼神都没有。

几天没接到肖朗的电话，也不知出差回来没有。在无法排解的心绪中，白玫拨通了他的电话。

"哥们儿，我明天回津。这几天都在会上，竟忘了问你寻找白玫的事！"

"不怎么样，好像所有的线索都断了！不过，我了解到她老邻居中有个叫小莲的女人跟她关系密切，明天看能不能找到她。"

"这几天辛苦你了，这事交给我吧！我先从她父母单位找人了解一下，实在不行，咱们再一起想办法。时间也够紧的，还有两天，一鸣就要做手术了！"

听到咱们两个字，白玫心里倏地一热。心血来潮地说："你现在在本市多好，咱们可以聊聊！"

肖朗笑了，声音变得有些柔软："是啊，是该好好聊聊了。快点找到白玫，一鸣上术台前他们就可以见上一面了。咱们也算做了件善事！"听她沉默不语，肖朗以为电话断了，"喂喂"了两声，"哥们儿，哥们儿，你在听吗？"

"在啊！"为了弥补失态，她笑了几声，声音很干，连自己都感到没滋没味儿。

"你没事吧，哥们儿？"

"以后能不能别叫我哥们儿。让我一点性别都没有，想跟你稍微女人一下，都不好意思了！"

　　肖朗哈哈大笑起来："好的，我再不叫你哥们儿，还你女儿身！"

　　"人家本来就是，还用你还！"白玫说得有些矫情，把自己也逗乐了。人在极度脆弱的时候，最容易变得矫情起来。

　　"这几天真把我累坏了。昨天夜里躺在床上，不知为什么很想给你打电话，又怕你家那口子多想，便忍下了。"

　　他这是第一次说这么深的话，她感到温暖的同时，又有些不自在。"嗨，哥们儿，你干吗把题跑得这么远！咱们是朋友，碍别人什么事了！"她说。

　　"你再叫我哥们儿，是你自动站到我们队伍中当花木兰的，这回可别怨我！"

　　"你在一堆'秃驴'中蓦然窥见有个长头发的，不信你的心不被挑一下！"

　　"玫哥——，"不知是习惯，还是有意逗她，他把"们儿"吞了下去，"明天飞回去，立马约你。这几天，真辛苦你了！"

　　"咱们是最好的朋友，你干吗还这么客气？"

　　"最好的朋友，是啊。几年来，和你交往，不用设防，不用勾心斗角。除了真诚，还是真诚。我一直很珍惜，这些话从来都没敢说，怕你多想，不理我。"怕白玫打断他的话，他的声音急切起来，语速有些快，"我今晚酒喝多了，话咱们哪儿说哪儿了！我以前从不相信一见钟情，可看了你一眼，不知为什么就……我叫你哥们儿，是有意逼自己跟你拉开距离。话说完了，你可以不理我了。"

　　为缓解有些紧张和尴尬的气氛，白玫笑了："干吗不理你，白玫还没找到，咱们还需要并肩战斗下去！还有一点，你长得很像林书豪，仅凭这一点已给足了我偶尔见到你的理由。"她呵了一下手说，"不说了，我冻得捏不住电话了。挂吧。"

"明天，等我电话。"肖朗的话，挑开了他深藏不露的心情。

人，一旦望到一扇神秘窗子里的景象，无论怎么蒙着眼睛，也无法抹去曾看到的一切。

白玫后悔这个电话真不该打。

7

不该挑开对方心情，白玫刚做自由撰稿人时也有过一次。那次经历，狠狠地绊了她一跤。她之所以写长篇小说，与那次的经历不无关系。

那人是个政府部门的官员，白玫在采访中认识的。稿子在报刊上发出来，她便把这个人忘下了。半年后，却接到了他的电话，她想了半天才想起对方是谁。他说想邀她出来坐坐。

白玫对在台上正襟危坐目光却像重重的苫布把许多人盖住的人，心理上向来有种疏离感。可一想到有一天他或许会帮到自己，便俗气地如约而至。聊得非常投机，却是她事先没想到的。

他是某著名大学哲学系的硕士，没有任何背景，自己考上的公务员，后来又考到了现在这个让人艳羡的职位。他说，一个男人不能在学术上发展，没有资本在商场上施展拳脚，只有退而求其次地选择当政客。只是，心灵里却窝着的东西太多，妻子不理解，同性朋友不能说，只有找个有品味位的红颜知己分解。

后来的几次交往中，他的一些小细节使她感觉没意思。

为了避嫌，外出时他们从来都不能比肩而行。不是让她先到，即是他提前撤离；不能到光明磊落的场所，只怕人多眼杂，被人认出来风声水起，影响前程；通电话时也一样，若他正与她通电话，干咳两声是示意有人进来了，温柔的声音立马拉成官腔，话题一律换作"这事得研究研究再说。好吧，就这样吧"之类。

一种蔑视在心中泛了起来，她理解他的行为，却无法让自己接受。两个人间还没发生什么，便偷偷摸摸的搞得像特工，若真有了关系那还得了！

白玫终于在电话中忍不住对他说："有许多大权在握的人，不是被经济问题绊倒，就是被女人的石榴裙拉倒，我看您老还是改邪归正吧，省得把大好仕途误了！"

他一听，火了："你什么意思？"

"别再找我，就这！"

"我处处小心，就怕眨眼之间你就不在了。你知道在我心里，你多宝贵！"

"有道是'木秀于林，风必摧之；堆出于岸，流必湍之'，你在那个位置上，什么事玩过了，都是自毁前程！"

"是债，我自己背。"

"就怕你吃不了得兜着走！多划不来！"白玫尽量从他的角度说，让他看到后果，自行却步。

"我知道你的意思，那咱们还能做普通朋友吗？"

"别再联系我了，我都是为你好！"

"连个电话都不能打吗？"

"不能！"

"我只是想听听你的声音，这种安慰都不能给我？"

"不。"之所以如此决绝，还是白玫没有爱上他。爱上一个人，就没有忍不下的细节，也没有消化不了的缺点。

和他交往期间，他给白玫介绍过一个书商，也是别人找的他，他再介绍给白玫的。想约她写一本"女人与茶"的书。那个女人是个见面熟的人，一见面便拿她当成了朋友，什么话都说。由于缺少经验，她放松了警惕。

　　三个月后，白玫把十六万字的书稿交给她。这是她有生以来第一次写长篇，虽不是纯文学的小说，框架长篇的能力却得到了锻炼，使她看到了自己的潜能。

　　几天后，子枫对白玫没鼻子没脸地说："出轨，是对婚姻的颠覆，你要珍惜咱们这个家！"

　　她没明白他的意思，问他："你说的这是什么话啊？"

　　"我今天接到一个电话，那人说了许多你的事。说你在外面有了男人，还说你欠了她的债，让你还两万块钱。"

　　白玫被他说的一头雾水，以为他是开玩笑，便说："别逗了，这样的话太伤感情！"

　　"我都快气疯了，还有心思逗你！"

　　她感到莫名其妙，不知是谁信口雌黄，告自己的黑状。便说："又是男人，又是钱的，这都哪对哪儿啊？你给我说清楚，我就是死了，也得知道是怎么死的！"

　　"那个书商说的，她了解你的一切。"

　　白玫突然想起来了。有一次她们在一起聊书稿，其间她去了一次卫生间，手机放在了桌上，她当时还犹豫了一下要不要拿走，又想，自己这么做好像不信任对方似的，便没有收起手机。

　　回来时，她笑着对白玫说："没想到，你的生活这么丰富多彩！"

　　白玫发现手机放的位置变了，也没有往心里去。

　　子枫的电话号码，想必就是那次她在自己手机里翻到的。不仅如此，想必那个官场上的朋友发来的信息她也看到了。想到这儿，白玫的脊梁骨有些发凉，怨自己太粗心大意。

"我知道为什么了，她编造那些话，无非是想不付我稿费。这你也信啊？"

"你也不是什么好鸟，从那次吵架，你跟同学去看电影我就看出来了。你不授人以柄，别人又怎么能揪住你的小辫子！"

白玫通过公安局的朋友警告书商这是敲诈，一意孤行只会搬起石头砸自己的脚。看到白玫不像她想象的那么简单，书商便没有了进一步的动作。为了息事宁人，白玫不再搭理她，书出来后也没向她要稿费。就此，她明白了一个道理，感情与利益一定拉开。要么只谈感情，不谈利益；要么只谈利益，不涉及感情。如果两者搅在一起，要么伤感情，要么伤利益，要么感情与利益皆伤。

这件事，加深了子枫对她的不信任。

在哪里摔倒，就在哪里再爬起来。让爱我的人更爱我，让恨我的人更恨我。在这种心情的驱使下，白玫一边躲到长篇小说中疗伤，一边积蓄让自己弹跳而起的力量。

白玫的第一部长篇小说问世后，却对伤害过自己的这个书商心存了一份感激。没有她的出现，自己不会想到要写长篇；没有她无端的戕害，也没有向自己潜能挑战的力量。暗合了尼采所说的，"艺术，她在人生的光景上披上了一层含混的思想的面纱，使生灵挨过生涯。"

把炽热的情感赋予小说里的人物，白玫有一种说不出的过瘾。作者像一位木偶剧中的导演，让文字的丝线提着剧中的人物，要让他们怎么样就可以怎么样，触摸着真爱中的宁静和清幽，还有激情下面掩藏着的感情斑斓的痛楚。这就是文字的魅力，现实生活中却无法做到。古代有"文字夺天工"之说，是鬼神都怕的，就是指它的魔力。

白玫与那个官场上的男人分手，小佳持不同观点。

　　小佳说："傻吧你，我要是你，就把他纳入库房，有一搭没一搭地跟他来往，一直勾着他。急需时，可以拿他消费一下。多存一些有用的男人没有坏处，他们永远比同性朋友好使。同性朋友，因了一个'同'字，你有的心态她也有，让你尽抢风头自己却风光黯然，哪个女人受得了！男女的性别差异，会使他摸到你身体时，顺带帮你一把。"

　　"纯粹的情色交易！"

　　"什么又不是交易？要么靠权，要么靠钱，要么靠靠山。当一个女人拿不出这三种时，还能靠什么？再说回来，有时也不是为让他们帮咱们做什么，寂寞的时候，拿来消遣消遣；需要性爱时，舒服一下，总比买来的'快乐器'有感觉，还不用付账，挺实惠的！女人明白了这些，就能活到一种境界了！"

　　"你是到一种境界了，干吗还不快乐？"白玫狠狠地揶揄她。

　　"不快乐，是咱们这类女人与生俱来的，谁让咱们还有精神，不是纯种动物！"

　　前些日子，小佳来白玫家玩儿，曾借用她的邮箱给一个男人发了封邮件。白玫在送件箱留存里无意中读到后，肉麻得令她浑身不自在，更别说读到的男人心理及身体的反应了。不爱一个人，那些话白玫是绝对说不出来的。而小佳说起来，竟像吐口唾沫一样，随口而出。

　　想到小佳，白玫来了灵感：要不把她邀出来，陪陪我？

8

　　"乱糟糟的，不如到洗浴中心待着舒服！"白玫与小佳在红蜻蜓迪厅会合时，小佳还不住地埋怨。

"一想到那种地方，我就恶心！"

"这儿也好不到哪儿去，弥漫着大麻的味道！"

"起码比肉味儿好闻！"

白玫这么说，不是无来由的。她第一次去洗浴中心，是在七八年前。在她的意识里，洗浴中心就是洗澡做桑拿的，也没多想便跟朋友们来了。来到昏暗的休息大厅，没看到同来的几个人，以为他们还在洗澡，便靠在宽大的沙发床上等。

旁边，一位披着长发、穿着黑色吊带衫、超短裙的女子在给男人按摩。男人不是在静静地享受，而是把女子紧身的上衣撩了起来……

初识庐山真面目的羞赧，令白玫不愿意多停留一分钟。刚站起身来，朋友的电话打来了，告诉了她一个房间号，说正在那里等她。

穿过迷宫一样变幻莫测的走廊，寻到那个房间，推开门，见昏暗的灯光里只有他一个人，躺在床上翘着脚吸烟。她问："他们几个呢？"那位朋友指了指左右的墙壁。

白玫明白了。返身想走，没想到他腾地从床上跳下来，一下子拽住了她，不容分说地往怀里拖。

"放开！"她厉声喝道。

隔壁房里传来笑声，从声音中她可以分辨出那是谁。她简直不敢相信自己的耳朵，都是朋友，以后还怎么面对。他们对此稔知的程度，可见深谙这一游戏。只是，以一种空虚填补另一种空虚，事后还是无尽的空虚。

"别装了，彼此不过是玩玩，有什么要紧的！"朋友非但不放开她，像受了某种蛊惑似的顺手一推，她趔趄了一下，重心不稳跌在床上。

"在宾馆开房要身份证，洗浴中心不用，老板的手能通天，没这本事干不了这行。把心放到肚子里吧!"他的大胳膊大腿压了上来,嘴不管不顾地往她脸上乱拱,手也变得不老实起来。

"放开我!"她的手在他背上乱打,极力扭动着身子。

白玫早已不是雨夜的那个高中生了,除了满心的厌恶,没有一点恐惧。这些平时看上去斯文的甚至可以称得上出色的人,到了这种场合面目却变得如此丑陋与邪恶,使自己对他们的尊重荡然无存。她的观念虽然也不传统,却不愿意和一群熟人玩这种令人作呕的床上派对。女人还是要矜持一点为好。

她狠狠地用膝盖朝他的敏感部位顶去。他想避开已然来不急了,惨叫一声,滚到了一边,脸色惨白,身子痛苦地扭曲起来,缩作一团。

她爬起身,像个打了胜仗的战士,欣赏着他滑稽的丑态。脸上浮现出过瘾的气急败坏的狰狞,说道:"你小看姑奶奶了,这都是你自找的!"

隔壁房里的说笑声戛然而止,传来"蹬蹬"的脚步声,不一会儿,门敲响了。白玫气定神闲地拉开门,神情中透着骄傲。看到那哥们儿还在床上打滚,他们先是一惊,而后都捂着嘴发出"嗤嗤"的笑声。

"我被母老虎咬成这样,你们还好意思笑!"床上那位一边呻吟一边张着嘴大声喘息。

"他犯了盲肠炎,我却治疼了他,罪过罪过!"白玫双手合十,露着笑意,心里却极不是滋味。自己对一个男人发飙,被朋友们参观,有失淑女风度。

白玫参加过小佳朋友圈的聚会。小佳暗中告诉她,桌上那几位男士都跟自己有关系,不仅如此,其他几个女人和他们也有过关系。白玫将信将疑，以为她是说着玩的，没想到，这样的事真的会发生。这让她看到了人类的可卑，"生态位"如此重叠，生活于同一空间，分享和竞争共同的资源。

从那以后，酒足饭饱的朋友们再去那种地方，白玫会以种种借口逃脱。来到迪厅，就是想让高分贝的音乐及人声将自己的思想绑架，就是想让迷离的声光与污浊的空气将自己的灵魂放逐。

红蜻蜓打扮得有些像午夜中的原始森林。蹦迪的舞场像是森林中的一块天然形成的空地，森林边缘散落的是木桩样的座位。灯光幽暗迷离，镭射光柱疯狂地向舞池扫射，把鬼魅隐秘的激情挑得一浪高过一浪。随着激昂的快节奏高分贝的音乐，人们在弹性的舞池地板上激情地扭着肢体。镭射灯光随音乐变幻着不同形状不同色彩的图案，引诱着人们把更多的荷尔蒙从身体中释放出来，就像取蛇毒制药的工人们，为让蛇把毒素更多地喷射出来，而对蛇采取种种刺激一样。

台上领舞的两名身材窈窕的长发少女，不时将身上的衣服一件件撕扯下来。每撕扯一件衣服台下就爆出尖叫，就会又释放出更多的好像伸出就能抓到的荷尔蒙腺体。两名少女身上只剩三点式内衣时，两名健壮的彩染着各色头发的青年，跑到她们身边，与她们一起颇有挑逗意味地对舞起来。台下掀起长时间的尖叫声，敲动手拍、塑罐、啤酒瓶及所有能敲击的东西的声音。

"来到这里，才知道咱们已经不年轻了！"

小佳凑到白玫耳边大喊。

虽不胜酒力，白玫还是灌下了两小瓶贝克，再开口说话时，声音有些不加力了："如果这就是青春，我宁可不要！"

"大声点！"小佳吼着，"我听不清！"

想起青春年代，自己也曾在旷课看电影时和不相熟的男生耳鬓斯磨过，白玫笑了，喊道："年轻时，永远不知道自己做的事是对还是错！"

小佳的目光从她身上掠过去，长时间地望着。

白玫感觉她的眼神里有内容，朝她看的方向望去，却发现子枫和"貌似"坐在不远处的一个角落里，桌上摆满了酒瓶，"貌似"不住地抽烟，子枫则拿着一朵玫瑰花一片片专心地撕着花瓣，两个人都不说话。

"想不到，他们也在这里！"白玫在手机上打下这样的句子，递给小佳看。

"子枫看起来很痛苦。"

"都是他自找的！"

"不要这么说，除非日子真不想过了。你们需要沟通，别让积怨越来越深！他旁边的男人很有型，像你婚礼上见过的子枫的伴郎！他看上去，好像也不快乐！"

想起那天晚上他的喊声和刘媛的哭泣，莫不是刘媛与其他男人交往的事被他发现了？看到"貌似"虽然心事重重的样子，倒没有其他男人发现戴绿帽后无法承受的狂暴。白玫骂自己，怎么这么脏心烂肺地瞎猜，"貌似"和刘媛也许只是为生活中的琐事呢！

真应了那句话，人在倒霉的时候，喝口凉水都塞牙。白玫的心情落寞到了极点。怕子枫发现，白玫拉着小佳逃出了迪厅。

9

路上的雪很厚，风吹到脸上像小刀子一样割得生疼。

小佳还建议去洗浴中心，白玫把头摇得像波浪鼓，建议到小佳的"猪窝"去。白玫常把她背着丈夫买的房子叫猪窝。小佳开玩笑说，如果猪窝也这么豪华，猪肉肯定贵得一般老百姓吃不起！

她的"猪窝"在市区边缘，晚上车不多，路上又洒了融雪的盐水，二十几分钟便开到了。

不是第一次来，白玫像在自己家里一样，鞋也没脱就把自己丢到那张打制得像一朵花瓣一样的大床上。在床上打了个滚，心想，如果自己有这个实力，也要给自己打造一个这样的安乐窝。

"猪窝不猪窝的先放一边，你可别真把自己当成猪啊！"小佳一边给她扒鞋子，一边嗔怪。

白玫这才注意到地上扔着一堆卫生纸，纸堆里还夹杂着用过的避孕套和一条窄窄的蕾丝黑色内裤，笑道："要么侦探连垃圾都不放过呢，你做过什么，没有它出卖不了的！"

"一早出门，没来得及打扫！"小佳扮了个鬼脸，收拾着她那些激情的残片，"我老公开酒楼又亏了本，上百万的投资打了水漂。还找我要钱，我没给他。他破口大骂，说我家把他家利用到了极限，现在翻脸不认人。他还把家里新买的液晶电视砸了。一个做什么都不成功的男人，婚又离不了，我能怎么样！"

小佳的话，把白玫拉回自己的处境。一下子理解了法拉奇《给一个未出生孩子的信》中的那段话："我对家庭没有信心。家庭是一种建造来为了更好控制人的窠臼，是一个更好地让他们对法则和传统产生顺从的地方，不管这窠臼由谁来建造，情况都是一样。当我们独自相处时，我们更容易反叛；与别人生活在一起时，我们更容易委屈自己。家庭除了是那种让你去服从的制度的代理人外，它什么也不是。它的神圣和尊严实际上是不存在的。一切存在着的人们都是一群被迫以同样的名义生活在同一个屋顶下的，常常相互仇视相互憎恨的男人、女人和孩子。"

"你叹什么气啊？"小佳问。

"怎么，我叹气了？"白玫还真没意识到。

"可不，好像天下人都欠你似的那一种，又好像别人生病你却吃药的那一种！"

"瞧你把我说成了什么了！"

"别人怎么说不重要，重要的是我们把自己当成了什么。这话其实更是我给自己说的。醉酒的那天晚上，我婚前交往的财院的那个老师来陪我，他现在已经是博导了。"

"怎么？过了这么多年，你们又勾搭上了？"白玫不解地问。

"嗨，前几年在朋友的酒场上碰到了，都非常感慨，就有一搭没一搭地交往下来。我把他聘为了会计师事务所的顾问，见面的机会就多了，偶尔上上床也是谈工作的另一种方式。"

"我真理解不了，你们上床怎么这么容易！"

"哼，就你做起来不容易！"小佳给自己和白玫倒了两杯红酒，坐到床上，"他怕老婆猜忌，常常刚做完那事就匆匆离开了。很没劲！"

"如果是别的女人跟我说这些，我一定认为她堕落得不可救药了，逃之夭夭以便耳根清静，也就是你吧！勉强可以听下去！"白玫被自己的话逗乐了。

这些都是见不得人的事，都是让人死定了的事，除了跟她像穿一条裤子的小佳，谁会实话实说！想到傍晚在街上徘徊时，自己打电话的人不是小佳而是肖朗，白玫心里有些不是滋味。看来，有些话指责别人的同时，也把自己指责了。不过肖朗和其他男人不一样，是不是君子尚不知道，但起码自己知道他不是小人。

"鲁迅先生说，'寂寞像条大毒蛇，紧紧地缠绕着！'我想，我一定是很小的时候就被这条毒蛇咬过，以至现在毒性还常常发作，让我来不及提防，也无药可医！有时候，我把男人当药，可一旦敷到伤口处，却又像盐，更疼。"小佳把酒杯往地上一蹾，在白玫身边躺了下来。

"靠男人来挽救自己，就像隔着裤子挠痒，越抓越痒！"

小佳双臂压在脑后，双脚恣肆地搭到墙壁上。白玫觉得她的姿势一定很舒服，和她并排躺着，双脚也架到了墙上。

"画家陈丹青曾说，若自己是同性恋，再画画时便多了一层感悟。想必人们对异性厌倦或失望了，才把目光投向了同性，越是高层次，观念时尚、超前的人，有这种想法的越多！不过，在女性当中，不再对男人感兴趣的，除了天生的'易性人'，大都是被男人重度伤害过的女人。"小佳说。

白玫突然感到了一阵恶心："咱们能不能从男人女人的话题上离开，说些别的吧。满眼看的是这个，满耳听的是这个，满口流出的还是这个，晕不死也腻歪死我！我不想听了！"

"罗曼蒂克的话谁都会说，可是谁又真能诗意栖居！我也想从这里逃开，逃到大自然里去。可一天两天，十天半月还能将就，日子长了，没有电视看的日子，没有网络可上的日子，没有美味可吃的日子，没有热水澡可洗的日子，有病没处可医的日子，还有那么多认得不认得的蚊虫叮咬的日子，咱们谁能受得了？最后，还不是又回归了灯红酒绿，任自己在文明中颓靡与腐败！想改，也改不了！这些都像毒品，把咱们侵害得很深了，可一旦离开，还真没法生活。"小佳的话说得很实在。

白玫也曾头脑一热，招呼了几个以文营生的朋友驱车山里，想待它一个月，静静地写作。刚到时，大家都感到新鲜。

一早起来，从窗口望出去，雾霭笼罩在黛青色的山峦之上，像出自心口中的画一样，每一笔每一画，都是自己想要的。按捺不住兴奋的他们，搭伴往山上走。空气新鲜的似刚被水清洗过，每一口都带着甘洌。大家高兴地扯着脖子大喊，引得扛锄的山民看他们的眼光像看怪物。两个小时后，大家带着舒心的倦意归来，有的窝在土房里对着电脑敲字，有的坐在当院的树荫下构思。中午吃农家的粗茶淡饭，午休后再写字。傍晚到田间走走，看看夕阳西下，或躺在山坡上聊大天。晚饭时坐在院子里，喝着从城里带来的酒水，微醺的双眼望着天上的繁星。很是惬意。

不到两周，他们便开始五脊六兽，抓耳挠腮了。山里的空气和风光，已脱去了它怡人的神圣。大家口嘴里说的最多的是，电视信号不好，只能收中央的几个台，手机常没有信号，电话打不出去，更别说从网上知晓天下大事了。这群无肉不欢的人，一连数天没好好吃肉，山村里的小鸡子几乎都被他们抓光了，胃口还似填不满的无底洞。安于现状的村里人，在他们眼里成了怪物。一样是人，人家怎么能长年累月地在这种环境里生活，我们为什么却不行？

无奈，他们只得逃回城里，扎到酒楼里一顿胡吃海塞，跑到迪厅里一通群魔乱舞，这才消停。自此，他们几个像被生活狠狠咬了一口，绝口不提回归自然的事了。

"给我讲讲乔杨离婚的事吧。"白玫说。

"你不是说，不提男男女女的事。怎么又说了？"

"想知道。"白玫双脚从墙上落到床上，翻了个身期待地看着她。

小佳还不到四十岁，没有画妆的脸已经有些松弛，与妆后的光艳华丽判若两人。女人到了一定年龄真不能走近看，伤人伤己。若再有男人围拢着你，除了比你年老的，否则没有谁是为了你这张脸来的。

"你为什么那么看着我？"

"没什么，突然感到这么多年，好像我都是跟你的影子接触的，竟没有好好看看你的脸。"

"那我真成了鬼了。你也不怕吓着。"

"还有比人更可怕的吗？尤其是熟人，最了解你的人？"白玫想起了子枫，"据说，百分之七十的凶杀案，发生在熟人之间。真是'生虎犹可近，熟人不可亲'啊！"这句话不知是乔杨说的，还是谁说的了。近来白玫被事情一件件压得透不过气来，总爱忘事。

"咱们可说好了，这辈子都得好下去。你我穿着一条裤子，谁都会让谁死的。"这话小佳已说过无数遍了，现在又说起来，可见她的记性也大不如前了。

"哼，不信任我，你对我说那些干吗？你以为我稀罕听啊！"

"不是我不信任你，我是连自己也信不过了！"小佳起身去拿酒，"还是酒亲啊！"

"这几年你总喝酒，好像成瘾了。"白玫担心地说，"每次给你打电话，你不是在酒局上，就是在家里醉酒！"

"酒是可以让我忘却一切的好朋友，这点，你可比不上它！"

"除了你，我谁也不信！"白玫说的是心里话，有些话她连冰儿都不说。

"乔杨不愿让人知道，因为我看着他长大，他从小拿我当亲姐姐一样。他不让我说给别人，包括你。我从没谈起，不是不信任你，而是受人之托。既然你想知道，说给你也无所谓，反正你口风比我还严。"

"你这么说我就不乐意了，好像我有事瞒着你似的。"

"你以为呢，还少吗？今天你和乔杨待了半天，都没告诉我！"小佳坐起身，靠在床帮上，一边抽烟，一边讲乔杨的事。

10

　　有一天晚上，乔杨回到家，已经十点多了。女儿由奶奶陪着，还没睡。

　　母亲没好气地说："何美美又去加夜班了，我同事的孩子也有在那个单位的，也没听说经常要加夜班。"

　　"不在一个部门，工作性质自然不同！"乔杨极力掩饰内心的虚弱与烦闷，强打精神安慰母亲。

　　"从我看到她第一眼，就觉得不对劲！小心她跟人跑了，遭罪的会是咱家的孩子！"

　　"别瞎说了。怎么会？"

　　母亲走到床边，从枕头底下抻出一个黑色镂空有蕾丝边的T字形内裤说："你瞧瞧，正经女人谁会穿这个？"

　　"是我给她买的。妈，您就别掺和我的事了！"

　　像这样稀奇古怪的内裤，何美美有一叠，没有一条是他乔杨买的。以前他跟不三不四的女人接触时，看她们经常穿，以为所有女人都喜欢穿这种撩拨男人性趣的东西，也没有多想。今天被母亲这么一说，他才也觉得这里面有问题。

　　"你要不是我儿子，我才懒得管你的屁事！一个不成功的男人，自己的老妈都跟着他遭罪，更别说孩子了！"说完，母亲气呼呼地摔门而去。

　　女儿打了个哈欠，抱住乔杨的大腿，仰起困倦的小脸说："爸爸，妈妈带我到叔叔家玩了。"

　　乔杨追问道："哪个叔叔？"

　　"咱们见过的那个叔叔！"

160

他想起来了，女儿说的叔叔也许就是几天前看到的那个人。

那天他接孩子从幼儿园回来，正好有一辆黑色奥迪车从对面马路上开过去，停在前面几排楼房的拐角处。一位个头不高，秃顶，有些发福的中年男人走出来，去开副驾驶旁的车门。

"妈妈！"女儿指着从车内走下来的女人大喊一声。

汽车不停在自家门口，而是远远地躲到一边。这种把戏乔杨从来没有玩过，所掩蔽的心态却骗不了他。

"别说咱们见到妈妈了，这是咱俩的秘密！"他说。

"嗯！"女儿点点头，郑重其事地不似她那个年龄。

女儿看乔杨脸色阴沉，以为爸爸在生他到叔叔家去玩的气，讨好地说："爸爸，我没说！"

乔杨一阵心酸，说："你是个乖孩子，爸爸知道！"

"爸爸，什么叫臭缺德的？"

"什么？"

"妈妈骂他臭缺德的。"

女儿说的臭缺德的，是有一次乔杨正赤条条趴在何美美身上，女儿突然醒了。何美美见状一边把他从自己身上掀下去，一边说，臭缺德的你要再敢欺负我，我就教训你！

乔杨都明白了。

不过，他仍怀揣着一份幻想。现在的人，有几个没有婚外情，又有几个没出过轨的？想当年，自己不也写过"最肤浅的爱情，是合法同床若干载；最深刻的爱情，是非法通奸一辈子"的诗吗？当时这么写，是不信有谁真能有那么深刻的爱情，与其如此还不如珍惜当下。

何美美只是一时任性。他想。在外面跟别人玩玩，就像不懂事的小孩子恶作剧了一把，又像是去逛了逛花园，玩够了再把心收回这个家，也没有什么大不了的。再者说了，自己曾交往过的女人，有些也是有家室的，也没有见谁较真儿过！

11

乔杨还是低估了何美美。

第二天早上，几乎一夜未睡的乔杨把女儿送到幼儿园。为了排解郁闷，乔杨尽力把自己泡进文字所做的酒缸里。这时的他，写什么好像并不重要，重要的是让高浓度的字眼儿使自己麻醉。

一脸倦意的何美美回来了。也不看他一眼，把自己丢进沙发，双脚翘在沙发背上。一个乔杨没有见过的LV背包滑到地上。他对昂贵的品牌没有多大兴趣，也不只是自己买不起，主要是他对追求虚荣一直没有兴趣。而引起他注意的，是她颈下一撮新鲜的淤紫，像一记老拳击到他的自尊心上。他暗暗地骂着自己，王八好当，气不好受！

他没好气地说："你都把深刻挂到脖子上了！下次把它藏住了，别给人联想！"

"中病了你是吧？最无能的男人才选择在纸上意淫！"何美美不屑地用眼皮夹了他一眼。

"王小波要听到这话，非气疯了不可！"

"别拿王小波说事儿。全中国有几个王小波，又有几个你？"

乔杨再也绷不住了，呼地站起身，血一股脑顶到脖腔子，夹在手上的烟像遭到了强气流，吓得烟雾四处逃窜。说这话的若是个男人，他的拳头一定不会白长。可她是何美美。女人，可以用来疼，用来爱，用来品评，观赏，享受甚至消遣，却不是用来打的。只是，女人有时候不挨回打，她就以为你没有男人的豪气，或者就不把你当做有血气的男人。

他强压怒火说："是没有几个我，眼见着自己的老婆偷情，我他妈的还装没事人似的。"

"大凡女人出轨，都是这家的男人有问题！"何美美斜睨起眼睛，由于嘴角撇得过大，以致声音磨成了锋利的刀子，刺得他耳膜疼。

"我是有问题，既没有奥迪车当你坐骑，没有别墅供你享受，又没有大把大把的票子拿给你游山玩水，更别说高级服装、手包、化妆品了！"

"你倒有自知之明！"

"从咱们认识的那天我就这副德性，你早干吗去了？"

何美美忽地跳起来，指着乔杨鼻子说："你别以为我不知道，现在我就直说了。在我做流产的当天，是谁拎着流下来那堆东西找我系主任去了？找人家要我做流产的手术费、营养费、精神损失费？要他在我毕业后给我安排一个待遇优厚的工作？还让他写字据，否则便拿着证据做DNA鉴定，到校长那里去告发？"

乔杨一惊，自己一直小心瞒下的事，她还是知道了，想必她和那个人还有往来。

"冤有头，债有主。这都是为你好！让他做甩手掌柜的，凭什么！再者说，五千块无痛人流的手术费，还有营养费，凭什么叫我这个跟你没关系的人，给你们这段失败的男女关系付账？"

"好，好，是我单纯！"

"不止单纯，让男人把你玩得这么惨，是你傻！"

"是我傻，要么我会瞎了眼地跟了你！"何美美扑过来，啪地关了电脑，"叫你整这些没用的东西，越写越穷！"

乔杨傻了眼，写了一夜的东西，都没有保存。他再也抑制不住愤怒，使劲推了她一把。这是他们在一起的七年里的头第一次，也是唯一的一次对她动粗。

"姓乔的，你终于打我了。我本不想这么早跟你摊牌，觉得你可怜。现在，也没有什么可留恋的了，离婚吧！"何美美拎起背包向门口走。

乔杨一怔，软了下来。急走几步冲到门口堵住她的去路，口气里充满哀求："美美，多想想女儿吧，她不能——"

"少给我拿女儿作挡箭牌！"何美美打断他的话，从牙缝里挤出两个字，"滚开！"

"你当初剜着心眼儿生下她，也该为她想想啊！"

"离开你，我就是为女儿着想。没有钱，拿什么让她高人一等！"她脸色铁青，眼睛里充满不屑。

"早知今日，何必当初呢？"

"当初我也不过是看你长得帅，是个配种的好马，要不女儿领出去能人见人爱，人见人夸？还有那个副校长，我原先的系主任，他曾有一个孩子，十岁时夭折了。他和妻子一心想再生个孩子，做过三次试管婴儿都没成功。他听说我怀了他的孩子时，说要我休一年学，躲到一个地方把孩子生下来，然后等我毕业再娶我。一周后他变卦了，怕事情闹大，影响自己的远大前程。可当我把漂亮女儿抱到他面前时，他羡慕得眼都红了。这都是他应得的，死不死啊！"

"为报复他，也不能让我给你垫被啊！"乔杨脸色惨白，他不敢相信，自己全心全意爱着的人，竟藏了这么多心机。自己也算过尽千帆的人了，可对生活在同一个屋檐下的妻子，懂得却这么少。不知是自己从未走进过她的内心，还是从一开始，自己就被她利用，直至她感到翅膀长硬了，时机成熟了，可以远走高飞了。他不得不承认，在生活中女人的智商，永远高于男人。

"是你乐意的，谁让你答应娶我！"

"是你厉害，真是有其母必有其女！"

"对，我现在做的就是跟我妈学的！人就这么短短的一辈子，既无前生，也无来世。我凭什么把自己拴到一个任嘛不是什么也给不了我的男人身上？"

"你这么做，对我公平吗？"

"想这么多干吗呀我！让对方感到公平，便是对自己的不公平。人都是为自己活的，谁也替代不了谁！"

"真想不到，一个女人被男人撕碎了青春，竟不惜作贱自己，不但让生活变成报复的战场，连自己的老公和孩子都做了炮灰，有一个算一个。"

"你若把这理解成报复，也太没智商了。你们男人把女人都当成了消费品，也该有更多的女人站出来消费你们，这也是对你刚才所说的公平最好的诠释。在这个过程中，女人也承受了难以言说的酸苦，这也比你们把女人身上的丰腴榨尽，然后再当做能喘气的骷髅丢弃要好得多！"

"你说得不错，很多男人是这样的。但是，我可是打心底疼你的！"

"你今天是这样，谁能保证你明天还是这样？况且，你这么做也是为了你自己。女人所有的安全感，得靠自己还有能力的时候去挣！"

"不就是钱吗？"乔杨想起了一个总想让自己去陪的女老板，

不是也想出高价收买他吗？他又何曾被她买了去！想说的话挤到嘴边，他又转了口，"有钱未必有安全感，不是有许多富商栽在或死在了钱多上？不也有许多'小三'被人玩腻后抛弃了？"

"呵呵，可不是！"何美美大笑起来，使得照到她脸上的阳光转了方向，扭曲到一个看不到的角落里，"不是有人买来高质量的杜蕾丝，以为它能带来安全感，最后不也照样弄出孩子来了？"

乔杨僵在那里，像个射击场上任人扫射的靶子。

"好狗不挡道儿！"何美美猛地把他扒拉开，像扒拉开一堆粪土。门山响一声，整个家好像都被震得七零八落。

12

半个月后，乔杨与何美美协议离婚。何美美把家里仅有的15万块钱也拿走了，却把需要还贷的房子和女儿一同留下了。

"真想不到会是这样。乔杨也真够委屈的。"白玫想叹息一声，怎奈气一直憋在胸口，钻得肺叶都疼了。

"不仅这些，乔杨自杀前一周，还发生了一档子事。虽然他不承认，我想他自杀或许与这有关。乔杨前妻再婚，找到乔杨就职的婚庆公司，点名让他两周后去主持婚礼。给的数目非常可观，公司经理知道他们过去的关系，却又是无利不起早的，能不答应嘛！但是，这种屈辱又是哪个有血气的男人能受得了的。眼珠子挖掉了，眼眶子还在，她做得太过分了。"

"她为什么往死里逼他？"

"两口子的事，谁说得清呢！再看身边的人，有几个家庭生活是幸福的？不过，我妹妹小丽是个例外。她的性格你知道，不会说不会道的。他们俩口子都下了岗，为了生计，我那粗粗拉拉的妹夫给人家送纯净水，我妹在外面摆烟摊，别看这样，他们过得还不错，晚上数一张张毛票，若多赚个十块八块，那个美啊！孩子非常争气，什么学习班都不上，也上不起。在家门口的一家'臭篓子'学校上学，净考第一。在全市举行的数学比赛中，还拿了金奖。再看我家的女儿，吃好的穿好的用好的玩好的，却总不知足，说我家的两台汽车都不是名车，说住的房子不是独幢。校外学习班再贵也去，又怎么样呢，一点成效没有。弄不好，连高中都考不上。"

"小丽我都近十年没见了，瞧我，跟你打得火热，每天不通一个电话像这一天缺了点什么，却冷落她了。"

"不见也好。你们本不是一路人，何必打头碰面！她是我妹妹，我无法选择，否则，我生活中也不会有这样的人出现。我时常接济她，给她再多，也改变不了她的生活现状。一个人的能力，一定程度上决定了他的生活质量。不过，有时看着她也挺让我羡慕的。除了多挣点钱，照顾好丈夫孩子心无旁骛。她很认命，日子稍有改善她像拥有一个世界一样高兴。简单，却也快乐，从来不知道孤独是什么。我妹夫非常顾家，天天把她们娘俩哄得乐呵呵的。"

"哪天把你妹的MSN告诉我，我在网上跟她聊几句。"她对小佳说，"我倒想看看，这些婚姻幸福的人身上有什么秘籍。"

"她在电脑上打字都不会，别说上网。得了，你还是让自己消停点吧。你连和公婆一家都坐不到一块儿，别说跟她了。"

白玫推了她一把，揭她老底儿说："你明知道这样，当年还再三求我跟小丽玩儿！"

"我不是疼她吗，怕她一个人闷坏了。现在她有家人，你却没有人陪，我便来疼你！"她话锋一转，"你还记得咱俩戏弄过的那个男生吗？"见白玫一时没反应过来，又说，"就是长得像'金城武'，在电影院里给他拍'艳门照'的！"

"我一辈子都忘不了。怎么了？"

"小丽碰到一个去她烟摊上买烟的同学，提到了那个人。说他现在可红了，在一家艺术院校做教授，他的画作还多次到国外展出，你在网上搜索就能知道。不过，他的婚姻好像有点坎坷，现在是第三次婚姻。"

白玫撇了撇嘴："可以想象，像他那样的人，换女人一定像换内裤。尤其像他们那种艺术院校，观念前沿，美女如云，他又帅又有才华，不出意料。"

小佳沉默了片刻，说："好像不这么简单。听小丽说，他的前两任太太没有一个生出孩子来的，好像说他是阳痿。"

想起那个雨夜他生猛的状态，及在电影院被拍照前的健硕，白玫的头摇得像波浪鼓："你妹妹可能听错了，若说别人我可能信，就他？"

"他的三任太太都没有孩子，怎么解释呢？"

"现在很多人的观念都转变了，愿意过二人世界，不做'孩奴'，就这么简单。"

"我宁可相信小丽听来的。你说咱们是不是做过了？在道德标准变得越来越模糊混乱的年代，是不是咱们自己的许多行为也要重新商榷？"

白玫已失去了思维能力。不知怎么想是对的，或者不对。

13

回到家，子枫还没有回来。想到年轻时候被自己和小佳报复过的"金城武"，白玫到网上搜索。

他的词条和信息可谓铺天盖地，大都是领奖的，开作品研讨会的，被领导接见的，会见国外友人的，和学生们在一起的……印证了小佳的话，甚至比她说的还要红。站在世人面前的他，无疑是一个大有前途的青年才俊，一个成功的男人。

照片中的他，爱穿白色的休闲装，高傲、潇洒、稳健，气宇夺人中似乎还带着某种忧郁。没有一张脸是笑的，既使领国际大奖、众目睽睽、聚光灯与鲜花簇拥时也是如此。高中时代，他的笑很有穿透力，像一个地标，听到他的笑声，顺声望去便能看到英气逼人的他。

一段视频引起白玫的注意。

一位记者采访时问他："您是怎么取得如此骄人成绩的，支撑着您一路走来的，除了才华和坚持还有什么？"

他说："结果都是由一点一滴积累而成的，这其中最重要的就是引导它的方向。我确立这一方向，是有一天突然发现，本我的门最大程度地关闭了。为了找到一个出口，只有把自我的窗子开得很大，不断地开发自己的潜能，在绘画中最大程度让自我尽情尽兴尽其所能地绽放，才能一次次提升尽力做到超我，让本我获得满足。"

"您能谈得具体一些吗？"记者没有听懂他的话，追问道。

他冷冷地说了句："对不起，我还有事！"转身就走。几名记者边追随边追问，他不再说一句话。

白玫似乎听懂了他的话，也读懂了他的背影。

那扇门里，应该盛载着他本我的快乐和做为男人的所有骄傲。这扇门的蓦然闭合，是个男人都不可能坦然面对，何况他呢！他又不愿让自己从此委顿下去，只能用另一种方式，证明自己仍是优秀的男人。

人这一辈子，变老容易，成长却很难。真应了那句老话，人心难测，世事难料！人毕竟不是电脑，出了天大的问题，可以重新格式化或做个系统，如果还不行干脆再换一台新的。

"我醉欲眠卿且去，明朝有意抱琴来"，这种洒脱白玫无法做到，世间大多凡人也无法做到。

第五天

1

迷迷糊糊中，白玫衔住了梦境中残存的一个句子。

她常常会在梦里写文章，文字的感觉是现实中无法抓到的。醒来后，如果不马上记下来，就会被真实的生活吞没。

侧身去拿放在床头柜上的纸笔，一样东西倏地朝白玫飞来，"当啷啷"落在离床沿儿仅半尺远的地上，她顿时吓出了一身冷汗。是一把张开的明晃晃的瑞士军刀，刀尖碰过的木板地上，击出了一道白色的印痕。惊魂未定中，陈子枫从门外闪了进来，冷冷地望着。

"你为什么这么做？"白玫气得浑身发抖。

"欺骗我，只有死路一条！"

"我又怎么骗你了？"

"你做的事，你心里知道！"

"你别车轱辘话来回说！"

"我手里有证据，会拿出来的。这字你签定了！"

"又像寄给我父母的匿名信一样，信口雌黄吧？你把房屋产权都转移走了，我不追究你，你却来治我的罪！一个大男人活到你这份上，也真够爷们儿的。晚上我去接蛋蛋，我的儿子，凭什么不跟着我？"

"儿子是我们陈家的，你别想跟他套近乎！你上学时就是问题学生，难道你想让他也走你的老路！你没有教育他的资格！"

"我是他妈妈，还有比母亲带儿子更有资格的吗？这官司打到哪儿我都输不了！"

"那不见得，不也有许多人被剥夺了监护权！现在先解决咱俩的问题吧，问题不解决，别想见到儿子！"

"你还讲天理吗？"

"是我还是你？一个女人一个妻子一个母亲，却为女为妻为母不淑！那个书商给我说的事先不提了，你竟给一个男人写那样的信，叫人家老公，真无耻！"

白玫没听明白他的话："你给我说明白点，我给谁写信了，我又叫谁老公了？"

"你就装吧，看你还能装到猴年马月！"

他把大门"嘭"一摔，气呼呼地冲下楼。

他好像说了一大堆梦话，白玫一句都不懂。不管两个人之间发生了什么，这刀子却是不该动的。今天他能扔过来，明天就能砍过来。他这一刀，虽然没有命中要害，却好像把所有的眷念都一刀两断了。

绝望中，白玫一遍遍地想，一个人若能把刀子举向和他生活了十年的妻子，这个人已经失控，理性的大门已被魔障掩蔽了。

是否我也变了，变得让他感到陌生和难以接受了？她问自己。人望到的总是他人，却很少注意到自己投射到生活中的影子。婚后的柔情蜜意，被一个个平淡琐碎的日子消耗掉以后，为了让自己活得更加充实，她把营造家庭温暖的兴趣，转移到虚拟的文字中。尤其是被那个书商伤害以后，让自己站立起来的渴望，像一条马鞭子，朝着自己身上猛抽。随几部长篇小说相继出版，挑战自己思维及潜能的极限成为她每天要做的事，对他及这个家的关注更少了。

被许多人津津有味做的事，在她却是一种折磨。生活在这个社会，却又游离于人们的价值观之外，在矛盾中追求自身的和谐。小佳说她不属于这个社会，而适合自己生活的那个地方又在哪儿？

它是否存在，这是个问题。

子枫亲朋好友对她"不懂事"的微辞，白玫早就知道。礼节性的应酬，她从小就会，可是她真不愿到了这个年龄，还被自己不喜欢的事物绑架。自生下蛋蛋后，子枫亲戚家她再没有到访过，不仅如此，每当听说婆家那边有客人，她便以写作为由，避免与他们照面。她真不喜欢那些无尽无休的打牌、喝酒与家长里短，看着他们鼻子眼睛错位般的说话方式，她感到很累，与其追逐他们的话音真不如追逐自己的思绪来得轻松自在。公婆虽然嘴上不说，从子枫对她的埋怨中，她听得出是他家人对她不知礼数的不满。

白玫突然想起那个句子："一场大雪，谁又覆盖了谁？"灵感很像一簇开在冥思里的小花，惊艳却也脆弱。一丝不和谐的扰动，即会使其凋零殆尽，不见一丝踪影。

她只抓住了这一句，下面的也是最精彩的一句，却被子枫气得想不起来了。她哑着这句话，或许是一切都可以在时间中蜕变或和解的意味。如果不是被刀子砍断，这枚梦境堤岸上搁浅的小贝壳一定是个向好的喻意。

2

生病的时候最无助需要呵护，那种事无巨细的体恤与顾惜，只有从父母那里才能得到。白玫很想去看望父母，哪怕是听他们的唠叨或斥责，感觉都是及心的安慰。

虽然在同一座城市，白玫每次折腾到父母家都要用近一个半小时，无度膨胀的车辆把距离拉长了。汽车像甲壳虫一样，爬爬停停，挑战人们耐力的极限。

汽车司机没有报站。为不错过站头，她在玻璃上画出一只大眼睛。流畅的线条中透着温婉，不用问它一定是女人的眼睛。透过它望出去，可以模模糊糊地望见风雪中的街市及地标建筑。

家越来越近了。白玫躁动起来，恨不得一脚迈到家里，一头扎进父母天高地厚的温情里。

这种感觉，在她也有过一次。那是孩子出生一百天时，给他"挪腺窝儿"，这是天津的老例儿，给孩子换一下生活环境，为的是彻底清理原来的住处，还可以让孩子接受这个世界的新信息。

给蛋蛋挪腺窝儿时，她带着孩子去父母家，离家还有几站地，窗外熟悉的一切从眼前晃过，亲切得她泪眼模糊了。所到之处，哪个路口，哪幢大楼，哪个街心花园，甚至街边的某个地方，都勾起了她沉甸甸的回忆。刚走到父母住的楼外，她再也抑制不住地大叫起来："爸爸——妈妈——我回来了！"住在一楼的父母在屋里答应着，隔着窗子能听到他们快步的行走声，急切地开门声。他们满脸是笑地迎出来，像迎接贵客一样，边抱过孩子又亲又吻，边嘘寒问暖。

在一种无法言说的焦渴中，她于几间屋里不停地走来走去。贪婪地呼吸着家里独特的味道，望着那些从小时候就存在的柜子桌子，摸着学生时代在写字台上留下的刻迹，接过母亲递过来的水大口大口地喝，一颗飘浮不定的心才落了地。只有在亲生父母身边，看到熟悉的一切，呼吸着家里特有的气息，一个完整的家的感觉才在心里归了位。

终于到了家。白玫还未把身上的雪弹干净，父亲就要披衣出门。

"爸，您做什么去？"她问。

"你不是爱吃老天津卫三鲜馅包子吗？给你买去。"

她急忙拉住他："爸，我去吧，外面雪大路滑。"

"你这么大老远赶来，再说那里买包子要排队，歇会儿吧！"父亲用身子挡着门，母亲也过来拉她。

四十多分钟后，父亲回来了。一进门就说："玫呀，这包子热着呢，赶紧吃！"他的脸和手冻得通红。

白玫心里发酸，似乎看到了父亲站在许多人后面，被冷冷的风吹着，雪花不停地打在脸上，他焦急的目光一直望着售货口，急切地等待热腾腾的包子出炉的那刻。

吃饭时，父亲没上桌。白玫去厨房找他，见他在做鸡蛋番茄汤。

"我做，您去吃！"

父亲头也不抬地说："你做的哪有我做的好！"

"您知道我不太爱喝汤。"

"凑合喝点吧，暖和暖和身子。不知道你过来，要不然你妈提前给你熬爱喝的棒子面山芋粥了。"

不一会儿，父亲端着一碗番茄汤向屋里走来。汤盛得满了些，不时有汤汁从碗沿儿随他颤颤巍巍的手晃出来。她急忙起身去接。

"别动，烫。"父亲说着，小心地把汤碗放在白玫面前。碗烫，难道他端碗的手就没感到烫？她心里很不是滋味，同时一股暖流涌遍全身。

而每当白玫看到父亲那双颤颤巍巍的手，都不忍直视。这曾是双多么有力的大手，把握着整个家庭的命运，一步步从乡村走进都市，又从贫困走向小康。还是这双大手，亲自把心爱的儿女们，抚养成人。如今，这双手却难以平衡住一杯一碗！她强忍着起伏的心潮，不让些许浪花从眼睛里蹦溅出来。

父母老了，可已然老了的父母，还拿那么大的女儿当小孩子一样伺候，却唯恐侍候不周、关照不周。爱就是一粥一饭。最普通最简单的一粥一饭里，却盛着最朴拙真挚的情感。它是最烫贴的心情及语言，能最大程度地贴近内心。白玫一口一口吃得很慢，一粥一饭里融的情感太浓，直让她舍不得一口咽下。

一种深深的愧疚揪着她，自小自己是让他们最不省心的女儿，叛逆，不乖顺，让他们操透了心，而现在仍是让他们不省心的一个。可父母却一如继往，并不因自己顽劣，有丝毫离情弃爱。而自己在给他们的孝顺里，"顺"字残缺了许多。她又无法改变自己，这种歉意便愈加深切。

她想，如果有来生，真想让父母做自己的儿女，疼爱他们，一如他们疼爱自己。

<h2 style="text-align:center">3</h2>

"你放那儿，我涮。"父亲见白玫拿用过的碗筷去洗，按住她的手。

"您太宠我了，连这点活都不让我做！"

"你以为呢！"母亲从眼镜上方抬起眼睛，"过去，只要你们学习，什么事让你们做过？"她在为白玫缝防寒服口袋处的开线。白玫早发现了，却因为发懒一直没动针线，任凭白色的鸭绒一朵朵从那里飞出来。

"妈，我上高中时您气昏过去，口吐白沫，是真的还是假的？"她凑到母亲面前问，"我一直认为那是您的苦肉计。"

"这还有装？"

"为了你，你妈好多天都没睡好觉！现在也是，你妈失眠就是因为你！怕你跟子枫又闹了，日子过得不舒坦！"爸插嘴说。

来的路上，白玫还想跟父母拢要地说说和子枫的现状，让他们心里有个准备。以后无论发生什么，他们也好接受一些。父亲的话，堵住了她先前已准备好的那张嘴。他们已年逾古稀，已操不起女儿婚姻不睦的心了。看到母亲缝好衣服，只觉得自己都三十大几的人，事事还让父母操心，心里委实不是滋味。

白玫没话找话地说："妈，其实我挺崇拜您的。我以前想学针线活，可您说，只要把书读好，找个好工作，一切都可以拿钱去买，学这些耽误时间的东西干吗？在那个艰苦朴素光荣的年代，您的观念挺超前的。"

"可你就是不听话，一心想当作家！"

"现在您女儿不是梦想成真，吃文字这碗饭了吗？"

母亲望了白玫一眼，爬满皱纹的脸上浮现出笑意："这么说，那个时代我观念还是很旧的，认为只有学好数理化才能走遍全天下。现在不比从前了，靠的是有一技之长，一专多能！好好写吧！"

"那时我不听话！天天让您生气！"

"还说呢，我都知道。有几次，你偷偷地在我口袋里拿钱，我都没说你！"

"啊！我还以为您没发现呢！"原来白玫做的糗事，妈妈门儿清。

"每月就那么几个叮当响的'眼珠子'，就指它过日子，能不知道！"

"您为什么不说我啊？"

"我说你，只能加剧你跟我的对立。那天出门，我看到一个十七八岁的女孩儿，没鼻子没脸地数落她妈。她妈一句话不说，还低声下气地满脸赔笑。我心里很难受，一下子想起你来了，你那时就那样。我说你一句，你有八句话等着我。"

"可这事非同寻常啊？你就不怕我学坏了？"

"不是没想过，只怕言重了伤你的自尊心，反倒在叛逆心态的趋使下破罐破摔。想还是算了吧，反正拿的也不多，少买点什么也能省得出来。我也知道你不是没有良心的人，你会为这事自责的，自责久了你也就不这么做了。况且你是为买文学书，常常饿着肚子不吃早点，我看在眼里疼在心上。而你拿家里的钱，总比到外面走上犯罪道路要强！钱这东西就是这样，不能太把它当回事，否则会让人变得六亲不认；也不能拿它不当回事，毕竟得指望它生活。若把人比作一架性能良好的飞机，钱这东西就是能让它展翅飞翔的汽油，没油可加，只能趴窝了。"母亲说得很平静。

这是长这么大以来，白玫和母亲最深入的一次交谈。母亲对她青春岁月的一片苦心，她此时也感受到了。可那时，她总认为父亲是疼自己的。

有一回，家里来了客人，父母招待他们吃饭。白玫从外面回来，刚走到窗跟儿下就听父亲说："我家玫儿，还在报纸上发过文章呢！我在外面出差没读到，是我同事告诉我的，好多次了。"

当时，白玫发表的文章加在一起超不过五篇，到了父亲嘴里却成了好多篇。这是她第一次听到父亲为自己"吹牛"，心里美疯了。她没进屋，而是跑到门口的小公园坐了两个多小时。一来，怕父亲知道自己听到他吹牛难为情，以后不夸她了；二来，想自己若不在家，父亲没准还会可劲地夸。她第一次享受到了被家长认同的感觉。可一想起母亲的态度，她的心便像坐在翘翘板上一样，忽地跌落下来。今天白玫才明白，母亲那时也肯定了自己的成绩，只是嘴上不说。

她突然想起一件事来，问母亲："上高中时，有一天放学，您给我送雨衣。我却装作没看到您似的，径直往家走。您还记得吗？"

母亲想也没想，便说："没有过吧！没有！"

这件事白玫记得很真切，一想起来都不能原谅自己。

那天放学，天上下着大雨。她看到雨没有要停的意思，便冲进了雨里。远远的却看到母亲站在学校门口，一手扶着自行车把，一手打着伞，腋下还夹着一件雨衣。

白玫没好气地白了她一眼，心想，我又不是个小孩子，哪有这么娇气！若被同学们看到多没面子。母亲喊了她一声，她装作没听到。母亲又喊了几声，她仍没有理会，骑车径直冲向雨中。为了维护自己的自尊心，却丝毫没想母亲在雨中苦苦等待的心情。

"孩子多不好，当妈的都不会计较，还想着它干吗！你总说我疼冰儿，是你想偏了。都是妈身上的肉，咬一口哪个不疼。只是你从小太叛逆，性格又强，我怕你走不上正道，管你比他多了一些。父母疼爱自己的孩子，没有一点私心。你现在也当了妈，这种体会不会没有。"

"妈——"白玫鼻子一酸。

青春期女孩子的内心永远属于自己，却忽略了最疼爱自己的人们的感受。这一刻，她真正与母亲和解了，同时也与自己的青春岁月和解了。怕不争气的眼泪冲出来，让自己难为情，她拿起外衣，往身上穿。

"怎么，刚来了就走？"父亲从厨房里走出来问。

"她太忙了，让她走吧！"母亲理解地拉开抽屉，拿出一沓零钱递给她，"给你存着的，你大大咧咧，总想不到坐车时备好零钱。"

"跟子枫好好过日子，别吵别闹。把蛋蛋带好，听见没？"父亲在一旁叮嘱。

"放心吧！"为了不让父母失望，她只得答应了一声。他们要知道自己和子枫的现状，要知道这阵子子枫连孩子都不让见，又作何想！她心情变得艰难起来，心想，下次再来看他们，真不知会把怎样一个结果端给他们。

无论怎么阻拦，父母执意送她。每次都是这样，拦都拦不住。

白玫走出去很远，回头望时，见苍老的父母仍目不转睛地望着她。为了让他们马上进屋，不被风雪吹着，她不再回头，背着他们的目光加快了拐过楼群的脚步。亲情是温暖而又沉重的东西，只有它，才能令自己走到哪儿背到哪儿，像一双无形的眼睛一直望着。

人在得意的时候，最容易忽略的是亲情；受了伤，遭遇了坎坷，经受了失败打击之后，会不计前嫌收留并给你温情的人，仍是自己的至亲。

白玫心想，以后自己要回归亲情了。

4

肖朗打来电话，说他在赶往水上公园的路上，那里有难得一见的梅花展览。要白玫打车过去。

"你刚飞回来，还是回家歇吧！"白玫说。

"不，你一定来。昨天咱们说好了的，你忘了？"

几年来的交往中，只要肖朗说过什么，好像从没有食过言。再看看周遭的人们，还有谁把自己曾说过的话当回事："哪天我请你们，还是在座的这几位！""哪天我给你打电话，不要不给面子噢！"类似的话以前还信以为真，可最后等到音信皆无的比比皆是。

在社会上混了这么久，听得多了，白玫都把它们当成了隔夜的屁，放了也就放了，较真儿无异于让自己犯傻。兴致所至，她有时也会跟他们一样吐泡泡，冷静下来，却又想掌自己的嘴巴。

在一个缺乏诚信的时代，诚与信只有在意你的人，才有。否则，都变成了一堆可有可无的废话。

还没有下出租车，远远的白玫看见肖朗站在公园门口。穿着一件黑色的呢大衣，颈间围着一条浅色的格子绒围巾，脸和耳朵冻得通红，双手插在大衣口袋里，样子看上去孤独与忧郁，跟以往成熟干练、开朗乐天的肖朗判若两人。

出租车在肖朗身边停下。他迎上来，帮白玫打开车门。

"审视一个人，一定要趁其不备，这时才更接近他的真实。"白玫把一嘴夸张的笑送给他。一丝久违的惬意从纷繁中挣脱出头来，她闭起双眼，任雪花像一张张小嘴吻了来。凉飕飕的，瞬间化作了一颗颗小水珠。

"大作家，又有感悟了！"肖朗像发现了什么似的审视着她，嘴角打出一个感叹号："你刚才的神情，很像一个人！"

"我说你像一个人，现在你也这么说我。她是谁啊？"

肖朗一脸狡黠："很像叫白玫的女子！"

"哈哈，又多出来一个，看来有两个还不够！"

"我认识她才几年，可她认为早就认得我。你说怪不？"他脸上浮起一丝意味深长的笑意。

一路上有说有笑，公园深处的梅馆已出现在眼前。

雪地上，几株红色的塑料梅花开在嶙峋的山石间，虽有些做作，在万木萧索的皑皑白雪之中，也不难看。一对情侣正站在树下拍照，女孩子扭捏作态，浓妆艳抹的脸上笑得很矫情。白玫打量着她，心想若她放自然一些，素颜一些，青春的身影掩映在雪白与梅红之间，会更加迷人。

"青春真好！"肖朗慨叹。

"可不是，那时我们都干什么去了？"

"那时，唉，那时我们哪像现在的孩子们这么自我，做什么事只要自己感觉好，根本不考虑别人的感受。咱们这些七零后，骨子里有许多无法剔除的传统，传统中又混杂着现代，不伦不类的有点四不象。要么活得比六零后和八零后都累，都挣扎。九零后也成长起来了，看着年轻的他们，感觉自己都快活成老古董了，又没有老古董的身价！"

"他们也有老的时候，还有更年轻的一零后，他们也会有咱们的痛苦和无奈，或许比咱们更甚。"

梅馆里，除了他们两个没有其他的人。展厅不大，沿墙而置的桌案上放着不多的三十几株盆景。盆中的梅树像一个个小侏儒，红的白的黄的花，零零落落地点缀在疏枝上，开得有些无精打采，没有想象中的梅花的灵动和傲岸。

"又被广告忽悠了！"展厅里起了回声，白玫的声音听上去有些虚张声势。

"也不能这么说，想起'疏影横斜水清浅，暗香浮动月黄昏'，'天然根性异，万物尽难陪。自古承春早，严冬斗雪开'，'众芳摇落独暄妍'这些句子，会觉得是我们内心的噪音太大，它们又太安静，才感觉不入眼。"

"古往今来的翰墨名篇，让梅花享了那么多美誉，其实跟它也没有多大关系，有关系的却是人。观梅而感只因心中有感，观梅生情只因心中有情！"

"借物喻人，国人就爱玩这个！"见馆外拍照的情侣走了进来，肖朗说，"一定冻透了吧，咱们找个茶楼暖和暖和去！"

"你心里肯定说，你咋这么没情调，还不如找个地方舒服一下！"

"干吗打人非打脸，揭人非揭短？"

"刚说了七零后的困惑，现在你又成了古董不是。不打脸，干吗劳神去打你？别人不打，自己也要打；不揭短，干吗削尖脑袋去揭你？别人不揭，自己也要揭。网络里靠这些出名的还少吗？要不谁会在意你？"发现他似笑非笑地审视着自己，白玫莞尔一笑，"怎么，你又想我怎么这么像白玫？"

"就像你想我怎么那么像林书豪？"

"你又不是！"

"如果是呢？假设一下，只是假设！"

"那就希望是吧！多了岁月的牵连，便也多些了些难以割舍的情分。"白玫接着他刚才的话头说道。

雪小了，雪片又变成了小雪粒，打在脸上变成了小沙粒一下下地疼。脚下的雪发出咯吱咯吱的响声，像被踩痛的呻吟。回头向梅馆的方向望去，已走出了很远，塑料红梅在雪地上仍显得非常夺目，假的还是大抢了真花的风头。

5

走进茶楼，拐过前台，穿过两侧一个个日式的小单间时，白玫突然想起一件事来。

她的第一部长篇小说出版后，一位评论家说给她写书评。后来，他来电话说，读了她写的几位朋友在茶屋里聊天的场景便又不想写了。他列举了一些新锐作家的名字，说他们的作品能让他有写书评的欲望与激情……

他没多大名气，想用锋头浪尖上的作家托自己，抑或是扯大旗拉虎皮，白玫能理解。但是，他以写朋友在茶屋里聊天的情节做脱口，未免太过牵强了。

都市里的人在一起聊天，就巴掌大的这么个地方，只能相聚在像餐馆、酒吧、茶屋或咖啡屋这种地方。尤其是这样的大冬天，在家里说话不是影响了家人的休息，便会让家里的另一位产生不必要的猜忌联想，相约在这种地方便见怪不怪了。大款们则不一样了，有钱能使磨推鬼，打个"飞的（飞机）"赶到另一座城市甚至国外，只为去会个朋友，吃顿特色小吃或散散心情。而一般老百姓则会掂量一番，仅在国内飞个来回，就够大半个月或一个月的工资，排场是要足了，日子却亏空了，这缺心眼儿的事没有谁会干的！

那个评论家之所以这么说，白玫认为他不是缺少生活，就是有意抬高自己装清高。

服务生把拉门打开，一张榻榻米占据了整个房间，没有任何空当。床中间放了张短脚的小方桌，墙上挂有日本艺妓的舞蹈图。拉门一关，小屋里顿时充满了朦胧的暧昧。生意人真够绝的，把空间利用到了极致。也许他们认为来这里的人，要的就是关上门的床，却忽略了只想聊天的人。私密得使人透不过气来。

"你急呵呵地找我，是不是寻找白玫的事有新线索了？"白玫问道。

"那个一会儿再说。我就是林书豪。"肖朗一脸的认真。

"怎么给个竹竿，你就往上爬啊？"白玫噗嗤一声乐了，"既不同名，又不同姓，怎么可能呢？"

"骗你，是这个！"他伸开五指，做了个爬行动作。

"怎么可能呢？我还是不信！"白玫连连摇头，眼睛却没有从他脸上拿开。

"有些东西，不是那么好回忆的。当年咱们认识时，我父母正在闹离婚。那个女人是我母亲的发小，她离婚后从建设兵团回到天津，无处容身，我母亲见她可怜，便把书房腾出来让她住，还帮她找了份不错的工作。一天夜里，母亲见身边没有我父亲，以为他去了厕所。去找他时，却在书房门外听到了那种声音……离婚后，母亲不想生活中还有我父亲的影子，让我随了她的姓，改成了现在的名字。我舅舅在河南开公司，正需要帮手，母亲带着我离开了这座伤心的城市。"

"你怎么又回天津了？"

"我在本市上的大学，毕业后留了下来。"

"难以想象。我说你长得像林书豪，你为什么一直不承认？"

"咱们能联系上，是我有意找的你。我在报纸上看到了介绍你的文章及照片，从报社熟人那里弄到了你的电话，以约稿为名与你取得了联系。我之所以见你第一面就叫你哥们儿，是想跟你拉开距离。这么做，在我也很艰难，不想发生在父母身上的悲剧，再发生在我身上。我那口子跟我是同事，到哪儿都是焦点，我年轻时被她诱惑了。结婚后，却发现她的心思都花在了自己身上，讲吃讲穿讲排场不说，很少关心我和孩子，更别说我母亲了……"

岁月的老茧被挑开了，旧时光气喘吁吁地赶了来。

白玫和林书豪没有多少过往，留下的记忆却非常深刻。那时，她不愿意看课外书被父母看到，周末经常骑车到图书馆看书。图书馆里学习气氛很浓，高高的铺着红地毯的台阶上，长长的走廊里，及宽敞的阅览室外的露台上，都有或坐或立的年轻人在埋头看书，她很喜欢那种被知识包裹的氛围。

她每次来都在靠窗的位置，那里不仅有洒在身上的阳光，通过宽大的窗子，还可以看到外面的泡桐树。冬天，阳光像父亲的目光看着自己，舒适而又温暖。夏天，枝叶浓密的泡桐树上，经常会栖着藏身其中的鸟儿，唧唧喳喳地把人的心叫得欢畅无比；有风的日子，树叶会相互碰撞摩擦，很像一个健壮的男人胸腔里发出的喘息。

　　经常在图书馆里出没，总会碰到与自己一样经常出没的人。时间一久，虽然不说话，却也面熟。隔过几个座位，白玫看到一个男生常坐在那里，他给人一种向上的勃勃朝气，连他偶尔跟别人说话时的声音，也是向上扬起的。仰脸时，他们的目光会无意地撞到一起，撞过数次后，便会互相点点头，或相视一笑。除此之外，却也没有说过话。

　　若哪个周末，他没有出现在经常坐的位子上，或那个位子坐着别的什么人，白玫便会满自习室地寻找他。若没有他，心里就会升起一丝莫名的惆怅或失落。而他出现的时候，也会自然而然地向白玫的位子张望。会心地笑笑，算是招呼了对方。听到别人喊他林书豪，她才知道他的名字，可自己的名字，却不知他是怎么知道的。

　　后来，他却为白玫与别人打了一架，让她永远记住了他。

　　有个男生坐在白玫邻座。也许是刚踢过一场球，他的头发都被汗水浸湿了。坐下不久，不管不顾地脱下了厚重的旅游鞋，一种浓烈的味道差点把她掀倒。她皱了皱眉头，想换一个位子，因临近期末考试，自习室的人出奇的多。无奈，她只好忍着。只是，那种味道就像一枚生化武器，完全干扰了她脑神经的正常运转，目光总也集中不到书本上。

　　"同学，请你把鞋子穿上好吗？"在她正烦躁不安时，林书豪走过来替她解围。

　　"她都没说什么，你操的哪门子闲心？"男生毫不示弱地说。

"同学，你还是穿上吧，没看你旁边的女生眉头紧锁嘛！"

"真是吃饱了撑的，你他妈管得着吗？"男生话音未落，挥手就给林书豪来了一拳。

白玫站起身来说："算了，我看我还是回家吧！"

"没必要走！"林书豪说着，去揪男生的衣领。

男生眼珠子瞪得溜儿圆，腾地站起来："谁怕谁呀！"

阅览室里的人都把目光投了过来。有的人甚至说："你们不想学习，也别影响大家啊！到外面闹去！"

白玫的脸羞得通红，心里有些害怕，忙去拉林书豪："别，你们别这样！"

"没事，他这人欠修理！"林书豪说着与那个男生出去了。

不大一会儿，他们一前一后回来了。男生一脸郁闷，呼呼地喘着粗气，没有动过武的迹象。他来到桌边，抹了一下嘴巴，背起书包走了。不远处，林书豪只是冲着满脸疑虑的白玫笑了笑，把头埋进了书本里。

放假了。白玫又来到图书馆。没有看到林书豪，心想，也许是他有事没来吧。但一连几天都没有看到他，有些魂不守舍，不知他怎么了。因为除了考试的日子，他们都会在这里寻到对方。整整一个假期下来，都没有看到他。在新学期开学后，仍没有他。她知道，他再也不会来了。后来，这段朦胧的感觉便冲淡了。

白玫叹了口气："一份友情会维系到老，惊动了它，离尽头也不会远了。"

"我感觉，你过得并不幸福。"见她沉默不语，又说，"除了写作和孩子，你从来不提自己的婚姻生活！"

"在不同语句的使用中，'生活'可以是动词也可以是名词，而'幸福'只是个形容词。幸与不幸来自于对生活不同状态的表述，很难一下子形容得出！"

这是近一段时间她感触最深的，又搬了出来给自己做挡箭牌。一个女人对一个对她有意的男人说自己的不幸，会给对方许多心理暗示。拖进一份看不到未来的情感中，她真的怕自己会被那团烈火焚化，跟着来的则是另一片废墟。

"真愿意你好，无论是生活还是写作。"

肖朗那只宽大的手伸到白玫面前。

"你也是！"她将手放了进去。

他五指一拢，紧紧地把她的手包了起来。眼睛里透出一丝笑意，半天没说话。他的心情，像温暖的水一样将她完全浸泡。她喜欢这种感觉，又望而却步。她恨自己是被七十年代绑架的女人，若再晚生十年，也不至于活得这么苦，这么累。

服务生进屋给壶里添水，他才将手松开。

她活动了一下手指，竟有些疼。

6

单间里很热，暧昧的氛围加上散逸的茶香及放音器里播着日本古曲，像热气一样往人的脸上扑，骨头吁得都有些酥了。

肖朗看穿了她的疲惫，指了指墙边的靠背垫说："若累了，你就靠一下，又不是外人！"

"你倒不见外！"白玫靠在墙上，"别说，人一旦有了外力的依靠，身心就像有了托付，想不舒服一下都不行。"

"呵呵，都认识了这么多年，见外不就远了！"肖朗两腿一伸，双臂别在脑后，和她并排靠在墙上，大呼，"哎呀，虽比不得躺着，也够舒服了！"

第一次和他离得这么近，甚至能闻到了他头上淡淡的发乳的味道。她有些不自在，想坐到桌前去，却被他按住了。

"怕了？"

"好像我做了见不得人的事，谁怕谁啊？"虽然嘴上这么说，她双腿却伸到桌子的另一侧，只是头离他很近。

"想起那时在阅览室里，阳光从宽大的窗子外面洒进来，照在一张张年轻的脸上，照在课本上。文学角的文友们，站在大厅里或露台上夸夸其谈的场景好像还在眼前；你梳着一个马尾，青春飞扬的样子就在眼前，恍然间就过去了那么多年！真不可思议！"

"最不禁过的，就是日子！"想起自己念念不忘的一个问题，白玫问，"你把那个男生揪了出去，回来后也没见打过架，怎么让他投降的？"

"我把他拽到了楼下，对他说，坏学生也不会来这儿，咱们比点文的吧。我之所以这么说，是看他人高马大，真和他打我绝对不是他的对手。他听我这么说，便问，怎么个文法。我说，我给你出一道脑筋急转弯，你若答出来就是我输。"

"他被你的气势给唬住了，怎么不是他给你发难？"

"哈哈，我也这么想。我说的是福尔摩斯和华生的故事。一天，福尔摩斯和华生外出办案，看到天黑了，在树林中支起帐篷睡了一觉。醒来，福尔摩斯望着满天的星斗，把华生摇醒说，咱们遭到了抢劫！你说，他为什么这么说？那个男生一时没有说出答案，就这么他不战自败了。"

"帐篷没了，否则，怎么能看到天上的星星？你赢得真容易！"

他扭过脸来，定定地望着白玫，帮她把一缕滑到眼睛上的头发捋到耳后，说："昆德拉说，'最想的不是激情似火，而是激情似火后水与鱼般的相互依偎同床共眠。'像咱们现在这样坐在一起，只是闲闲地聊天，说出去别人可能都不信！"

"是他们心不干净，以为人们都会像他们似的……"

肖朗坐起身抽烟。小小的密闭空间里，不一会儿被烟雾塞满了。

"一鸣的事，让你费心了！我已找了白玫父母的单位的人，是否有消息晚上就有回音。"

"我不喜欢路一鸣这个人。"白玫开诚布公地说。

"人都是多面的，他做不了好情人好丈夫却可以做好朋友。"

"这样的朋友，还不如没有。"

"一鸣挺不容易的。单位倒闭后，为了生计，在街上卖过西瓜，卖过肉，卖过鱼虾。发现连医药费都付不起，回到老家利用自己的特长开了家小照相馆。因为生意好，得罪了人，一场大火将几百万元的设备烧得精光，欠了一屁股债。他四处找钱，却没有人敢借给他，想死的心都有。血的教训告诉他，想做事，不能没有靠山。经朋友介绍，他搭上了当地一个能呼风唤雨的要员。找了多次，那个人却避而不见。后来，那人勉强见了，说，'帮你可以，但是有一个条件，你要娶我女儿当老婆，而且一定要对她好，不能有一点外心。否则，我废了你是一句话的事。'他只看了那个女人一眼，泪水就流了出来。她是个哑巴，还有足内翻。一辈子要和这样一个人拴在一起，他怎么能接受。他所交往过的女人，虽不是哪个都像白玫那样美好，起码都是健健康康，五官端正的。

"走投无路的他，只好答应了这笔代价昂贵的交易。不过，他们所生的两个儿子还算健康，这一点让他感到欣慰。背后有人撑腰，他的生意红火起来。2008年年底以来的全球经济危机，许多行业受到重创，他的几家连锁店生意不降反增，都是他岳父网罗的人脉。他赢了银行存款上不断攀升的数目，却输掉了自己的家庭生活。跟妻子别说共同语言，正常的交流都很困难。他是个需要爱的男人，身边美女如云，却像隔窗的风景，一个都不能近身。戒了多年的烟又吸了起来，还有酒，每天都喝，把身体糟蹋坏了。"

"痛了，才知道孤单！"

"或许，孤单了更知道痛吧！"

"这样一个被生活折磨得凌乱不堪的人，是他自己的不幸，却给别人也带来了痛苦，这些都是金钱所不能衡量的。"白玫几日来对路一鸣的成见，因同情消融了一些。

"许多事就是这么血淋淋的，既然绕不开，就得迎合它！生为男人，有时不得不这样，低头需要勇气，抬头却要靠实力！而一鸣已拥有了经济上的实力，他的头却被一双无形的手控制着，无法抬起来。"看白玫处于沉思之中，他又说，"你说，如果当年我没离开天津，咱们会怎么样呢？"他的脸上露出探险者对未知景物的好奇。

"谁知道呢？或许多了一个玩伴，或许又多了个敌人。呵呵，人生的岔路口太多了。"

"男人就这么没出息，对喜欢的女人永远没有免疫力！"

"呵呵，是对女人的肉体没有免疫力吧？"

"也不完全是！只是肉体，根本用不着处心积虑！就像一鸣，他的内心得到了满足，也许不会走上手术台！"

白玫想，自己一定要表个态了，遭遇情感的滑铁卢，便再也无法控制局面。她坐起身，郑重地说："我愿咱们是永远的哥们儿，能走到老的那种！"

肖朗望着她的眼睛像一束探照灯，毫不留情地射向她的内心深处。

白玫把心一横，一定要把话说透："任何深入的情感，无一例外的不是以失败告终；与其那样，不如让友谊地久天长！"

"你肯定受过感情的伤，否则，不会连过程都不去享受！"

"当初，你不是也不想深入吗？"

"现在，我无法再给心上装一道防盗门了！"

"没有比眼见着一个梦的碎裂，更痛苦的事。初生牛犊不怕虎，到了这个年龄，连羊都怕了！明知道是场悲剧，干吗还要亲自演绎一回呢！"

"瞧瞧你！"肖朗摸出小镜子，举到她面前。

镜子里的女人脸紧绷着，目光凌厉。双眼皮叠在一起，成了单眼皮；眼角像剑锋一样，用力地向两侧杀去。白玫被自己的面相吓了一跳。前些年，外出办事或会朋友时，她总爱不自觉地在街上的窗子或路边停靠的汽车玻璃上，打量一下自己，或对里面的自己笑一笑，给自己一份美好的信心，这可爱的小举动却不知何时给丢了。

"再美丽的女人，都会成为年老色衰的黄脸婆！"她自嘲地说。

"精致而又有韵味的老太太，给人的感染力，绝不会像那些委顿的老女人，浑身散发出墓地的气息。这两年，除了谈书稿说公事，咱们很少有私密的接触。你对暗香袭人的梅花都无动于衷，我感到了你的无情。这不仅无益于你的日常生活，也会影响你写作时的心态。说这番话，绝不是出于你对我冷冷的拒绝，而是鉴于你对这个世界的隔离。怕天长日久，你会陷入更加孤苦无依的境地。若不是从心底心疼你，我绝不会说这些。"

"我已到了这种地步？"

"哈哈，我是怕你会滑向这种地步，才给你打预防针的！"

他的话，像鞭子一样把她抽疼了。

7

　　回家时，白玫没走小区前面的路，而是拐向小区后门的河堤，想让刺骨的冷风梳理一下自己繁复混乱的心情。

　　河边非常空旷，风吹过来时无遮无拦，又冷又硬，她顿觉身上的衣服好像被扒去了似的寒到了骨头。她是个贪暖的人，冬天很少在这里走，倒是夏天的傍晚几乎天天来散步。有时还带着蛋蛋，在树棵下找正往树上爬的知了猴。顺便捎几个蝉蜕回家，放到书案上，写字累了时冲着这些记忆的空屋子出神。

　　蛋蛋开始有些害怕看上去土不拉唧的小"土猴"，见得多了便不怕了，却不像她那么喜欢它。儿时，每到夏天的傍晚，母亲爱带着他们姐弟到村边的林子找"知了猴"。有时还会燃着一堆麦秸杆，用木棍敲打树身，受了惊扰的知了们惨叫一声向火堆扑来，他们小鸟一样地飞奔过去，把它们一一拾进布口袋。回到家，不是扔到灶膛里烧，就是放到油锅里煎炸，想起来都会流口水。

　　她把这段经历讲给蛋蛋听，他的小嘴直撇。末了，他说，听起来真可怕。

　　她爱蛋蛋，却不喜欢他谨小慎微的样子。过于胆小，做不成大事。他若跟着自己，她一定要把他培养成虎虎实实敢想敢做的男孩子。子枫父母剥夺了自己育儿教子的权力，使她一想起来就疼得剜心。

　　雪后的河堤上，没有什么行人。而河面上，却坐着三三两两凿冰垂钓的人，身子一律背着风向，如北极熊一样一动不动地守候着猎物上钩。难以想象冰天雪地里，他们竟可以一待就是几个小时。

　　一只黄白花色的猫，仰面朝天地躺在不远处雪地上。白玫心里一惊，急步上前，看到它的眼睛圆圆地睁着，望着天空，瞳孔完全散进了眼睛的颜色，像一汪结了冰的淡蓝色的水。它身上没有血迹，没有污泥，甚至没有雪，不像是被车辆辗轧过的，但是，它已然断了气。

要不要把它埋了，还它一个生命的尊重？她心里犯懒了。心想，或许有比我更好心的人会管它！她有些不齿自己，总以为自己还是有些境界的人，遇了事却也和别人没什么两样。

刚拐进小区，白玫看到了令她惊喜的一幕——蛋蛋和果果正蹲在雪地上堆雪人。她加快了脚步，大喊："蛋蛋——"

蛋蛋听到喊声，抬起头，把雪球往地上一扔，一边喊着妈妈，一边朝她这边跑。

"小心点儿子！"她的话音未落，蛋蛋已四脚朝天地仰倒在地上了。

"摔疼了吧？怎么这么不小心！"蛋蛋的爷爷急匆匆朝这边走，声音里透着责怨。

她这才看见不仅公公在，还有表情有些不自然的刘媛。

半年没见，公公的头发好像全白了。看得出，他过得也不省心。她不禁有些怜悯起他来。但一想到他们曾对自己做过的事，心又硬了起来。

蛋蛋爬起身，顾不得拍打身上的雪，朝她怀里扎。她摸着他的头，鼻子一酸，眼泪流了出来。

"妈妈，你也不来看我！"蛋蛋仰起冻得红扑扑的小脸儿说。

她紧紧地搂着儿子说："妈妈天天都在想你！想疯了！"

"那你更应该来看我了！"

"是妈妈不好，以后常来看你！"这么说时，她内心充满艰涩。和子枫一家闹得这么僵，他们怎么会欢迎，而自己的自尊心又怎么会屈就。只可怜了儿子，和他的母亲一样盼望着和他亲昵。

"回家去写作业吧，别冻着！"蛋蛋的爷爷在一旁说。

很大的不情愿，但白玫还是冲他叫了一声："爸。"并说，"今天晚上叫蛋蛋回家住吧！"

"那哪儿行啊，你们做的饭他吃不惯，奶奶已给他烧了爱吃的比目鱼。"

"爷爷，就叫我回家住一晚上吧，我想妈妈了！"蛋蛋的大眼睛里充满肯求。

"你的学习用品都在这边放着，大雪天的别折腾了！"说着，他来拉蛋蛋。

蛋蛋望了一眼爷爷，又扭过头来无助地看着妈妈。

听他爷爷这么说，白玫也不好再争执。摸摸他的小脸说："听爷爷话，赶明儿妈妈就去看你！"

"老人在身边，多省心啊！"刘媛说。

公公望了白玫一眼，对小脸冻得通红的果果说："好孩子，跟妈回家吧，明天再跟蛋蛋玩儿！"说完，拉着蛋蛋就走。

蛋蛋刚跟爷爷走了两步，突然转过身跑到白玫面前，从口袋里掏出一枚"喜羊羊"的小粘贴粘到她手腕上，这才心满意足地咧开缺了两颗门牙的嘴巴，在她耳边咕哝："妈妈，那天我爸爸他们说你不好，我急了。我说我妈妈是作家，心灵的工程师，你们再说她不好，我就离家出走！把他们吓坏了！"

听儿子这么说，白玫吓了一跳，忙说："儿子，不许离家出走，那样妈妈也不活了。"

"才不会呢，我是吓唬他们。我会保护你的！"说完，这才一步三回头地跟爷爷走了。

白玫长舒了一口气，在他回过头去时，急忙抹了把眼泪。感觉自己这个母亲很没用，连儿子都无力留在自己的身边。

"果果，咱们也上楼吧，跟阿姨说再见！"刘媛没有想跟白玫多搭讪的意思，去拉给雪人鼻子上插胡萝卜的女儿。

果果不高兴地把小手一甩："不，你们俩总闹，快烦死我了！"

"这孩子，怎么这么不懂事！"刘媛没好气地在果果头上拍了一下。

"果果是个乖孩子，听妈妈话！"白玫为了不让刘媛难堪，出来解围。

果果这才跟着刘媛向家走。刘媛小声咕哝了句什么，果果大叫起来，"本来就是嘛，你和爸爸——"刘媛使劲拉了果果一把，果果这才闭了嘴。

家丑不可外扬，孩子还太小，没到懂这个道理的年龄。当有一天懂了，心也被世事摧残得不年轻了。

在楼下又站了一会儿，白玫才慢腾腾地向楼门走。心情却像眼前的雪路，深一脚浅一脚的，发出痛苦的呻吟。进入楼梯间，铁门在身后哐啷一声关上，声控灯应声开启，她却像掉进一个洞穴里。

摸了摸手腕上的粘贴，滑滑溜溜的，她心里才涌起一股暖流。有这么好的孩子，再苦再难，日子也有了奔头。

8

子枫在家。不仅在家，还破天荒地做了四个菜。白玫心里有些纳闷，不知是他变了主意，还是给她摆的鸿门宴。

"咱们聊聊吧！"子枫说话的口气，比前几日温和了许多。

白玫厌食得很厉害，想起生生拉走的儿子，更没有了胃口。食欲是和心情挂钩的，没有好心情哪来的好胃口。

她默默地夹着菜，尽量不跟他进行目光交流。他的脸变得非常陌生，她不敢去看。都说同在一个屋檐下的两个人，日久天长会越长越像，他们之间却像隔在两座岛屿上的人，以各自的方式生长进化，完全没有相互影响的默契。

"十年来，你跟着我没享什么福。"子枫喝了几口酒，话多了起来，"你不讲吃，不讲穿，在生活上从没一点怨言。以前我不说这些，不等于心里没数。"

听他这么说，白玫鼻子有些发酸。跟他在一起生活，自己还真的从没向他要过什么，也从没想过要和谁攀比。

"只是，咱们之间有太多的差异，你的追求和我的想法从来没有同步过。我要的是稳稳当当和和美美的日子；你的心却是悬在半空中的，有太多的想法和欲望，那些又是我无法满足你的。这样下去对你我都是一种折磨，孩子也不快乐。我累了，很累，不想再这样生活下去。咱们真的离了婚，我也不想再结婚。看看身边的一个个与你同龄或比你小的女人，庸俗不堪，都没有你好。你这么好的女人我都留不住，那些女人也更没有心情要了。这个家的门永远是为你敞开的，你想回来就回！屋里的东西你可以随便拿，实在需要的我帮你添！"

白玫感到一阵扎心，他跟自己谈，原来就是为了这个。

"你把房本写成你父亲的名字，这么大的事我都没说什么，不就是看在这么多年的情分上！换了别的女人，谁又能咽下这口窝囊气？可我还是忍了！不为了儿子，不为了咱们共同有过的岁月，我干吗这么做？单位和家是你的两点一线，虽然不懂得疼人，也不是坏人。我，你也看到了，除了偶尔和朋友聊聊天，几乎所有时间都待在家里。一个作家不外出采风是不行的，可是你不愿意我出去，我就很少出门。不为了你的感受，我是不会这么做的；不为了守住有儿子有你的三口之家，我也不会这么做的。可是，干吗你非要离婚，你难到不想想儿子？"

酒喝得太猛，子枫的脸涨得通红，呆板的目光里没有任何神采，厚厚的嘴唇像木头做的，一开一合有些不自如。

"你的谎言太多，作为男人我已承受到了极限。你这些年从来没有闲着过，一个个男人在你生活中出出入入。你还给人写那样的信，叫他老公，还有那个书商说给我的那些话。我在你的生命中又算什么？"

"这些日子，你一直说这样的话。我生活中又有过谁了？给谁写过信，又叫谁老公了？还有那个书商，你知道她为了不付我稿酬才来糟践我的，她的话你也信？"白玫有些歇斯底里。

"把那个书商刨外，你在邮箱里给人写的信，还有你手机里的信息，又怎么解释？"

白玫想了半天，恍然明白了。邮箱里是有封那样的信，是小佳那次借自己的邮箱给别人发的。他为什么会知道？一定是给电脑安装了木马程序，或用"远程千里目"软件盗取了邮箱密码，才在发件箱里读到了。

"真想不到你把聪明才智都用到这上头了！"

"你是我老婆，管你是应该的！"

"那封信是别人借用我电脑发的。"

"别胡编了。邮箱还能外借，那你怎么不借我使使？还有那些赤裸裸的性爱短信，谁看了都会浮想联翩的。"他充血的眼睛直勾勾盯着她，一字一句地念出了短信中的内容：

昨天，我又把觉睡成火车了，而你，在每一节车厢里。哦，有一节车厢没有，在那节里我们有一个家，在路的转弯处，有间白色的房子。还记得你给过我一张照片，就是那样的房子。一样的斜风细雨，而我在家里，望着门外，在等你，等你。那是唯一没有你的那节。在有一节里，到处都是牌坊，林立在空旷的石头地上，我和你在其中，站着，面对面的拥抱，我吻着你的唇，而你的手，死死地抱着我的腰。牌坊都沉默着，而你和我也是沉默着，只是拥抱。还有一节，一个小女孩子在看水，而你和我手牵手看她……醒来，这些碎片，并不完整的碎片，构成一曲催人泪下的歌。在深深的夜里醒来，思恋把无边的黑亮透，而我，依然在黑暗中等你。

刚才洗澡，温暖的水流冲击着我，像你的手指，抚摸着我的心灵。我抑制不住地想你，抑制不住地想你，在温热的水流中，我咬着牙，把子孙们射到地上。我的妻啊，我的爱啊！

天啊！子枫用了什么功，竟把她手机里的短信，一字不差地背了出来。

"这是别人错发到我手机里的，我看着很有感觉，便没有删。没想到你却偷看了。真想不到你会这么猥琐，算我瞎了眼！"

"谁猥琐谁知道！还有你身边有过的那么多男人，若在旧社会得乱棍打死，在'文革'时得挂着破鞋游街！"

"我跟谁有过交往，你说明白点！"

听他一口气说出的名字，白玫惊愕了，同时又感到乱箭穿心。那些都是自己小说里的人名，他却拿来做离婚的理由。他把她的文学创作都臆想成了现实，钻进用幻象编织的天罗地网里，毫不留情地自找伤害，同时又反过来向妻子举起了刀子。面对这样一个人，她真无话可说了。

杜拉斯说："女人写的书不应该给情人看。"想必就是这个道理。跟你最亲密的人，因为彼此间的深厚情感，永远分不出书里的人物和现实中人物的区别，到人物中找作者现实生活中的影子，混淆了是非，错乱了视听。这天底下，没有比看住一个人的思维，尤其是一个作家的思维，更恐怖和悲哀的事了！

"亏你有那么高的学历和智商，难以想象你怎么还能获得那些设计成果的！"白玫浑身发抖，泪水在眼眶里不停地打转，"你拿小说中的人物来说事，未免太不近情理！"

"没有生活的影子，哪来的作品中的人物？虽然我不会写作，可这个道理我懂。"

"我在作品里还自杀了呢，不是还活蹦乱跳的？你啊，连虚构和间接经验都不懂！"

"情节可以编，那些心态却是编不来的。还有那些细节，靠编怎么能编得像！你不也说过吗，生活中的崎岖蜿蜒和惊心动魄，永远超乎人的想象！"

"这是作家的功力！一个好的作家，不一定有多少经历，但是他一定要有超乎常人的内心感受力和丰富的想象力！"

"你一蹶屁股我就能看到你嗓子眼儿。就你……"他的舌头有些发硬，却像刀子一样往她心窝上捅。

白玫被他噎得说不出话来。俗语说，宁和明白人打一架，也不和糊涂人说一句话。他搞设计已把自己搞成了十足的书呆子，还怎么和他解释，又怎么能解释得通！

"你说，你爱过我吗？啊？"

白玫心里充满了厌恶。爱这个字，与其说让她感到害怕，不如说是让她感到失望抑或绝望。活到现在，她早看透了，爱情只不过是一种幻觉，说它有就有，说它没有就没有。相信爱情，无异于相信竹篮子一定能提上水来。两个人生活在一起，靠的是相濡以沫的亲情，他怎么连这都不懂！

"你管人家叫老公！还怨我不让你带孩子，像你这样的母亲，又怎么能带好孩子。你只能让他幼小的心灵蒙羞！你不懂爱，更不会爱人！自私、冷酷、绝情、不通情理、自以为是、四六不分、六亲不认、糊涂透顶！"

他的眼睛突突地充着血，像一只气急败坏的青蛙。又可怜，又可恨，若他真是一只青娃，她想自己一定会一脚把它踩死。她的嘴巴像被人贴上了封条，只能听他胡言乱语，什么都做不了，什么话也说不出来。

她忽地站起身，把桌上的酒杯都碰倒了，滚到地上摔碎了。她冲进屋里，把门反锁上。

他跟了过来，把门拍得山响。见她仍不开门，吼着："你，你就这么着。你盯着我点儿，我会让你把欠我的还回来，一刀一刀都还回来！"随即，传来吭当一声门响，一切都安静了下来。

她身子颤抖得厉害，很想痛痛快快地大哭一场。泪腺好像已经干涸，眼底泛着的都是白花花的盐碱，眨一下眼睛都硌得生疼，心扎得缩作了一团。她第一次深切地感到，生命是一种负担。

9

起风了，扑打在玻璃窗上发出沙沙的声响。在小区空地上，不时旋出风的悲鸣，让人坐卧不宁。没有开灯，地上雪的反光加上对面楼里一窗窗的灯光，屋内并不感觉到黑。

白玫失神地枯坐在床上，脑子里都是子枫说过的话。

把欠他的一刀一刀都还回来，这话太恐怖了。在臆想中他可以任意雌黄，在法律上根本无法成立。家里的宠物狗一般咬过人以后，这只狗便不能再养，因为它的记忆里已有了血腥味，以后它还会咬人。人也是这样，一种想法在他的大脑里成形，便经常被它暗示，就像一只有毒的蛇没准会在一时冲动时咬人，到那时一切都晚了。儿子没有了妈，父母失去了女儿，他们怎么能承受得了！

年轻的时候只想早早地离开家，离开父母严厉的管教，直到现在白玫才知道，父母看上去再不近人情，打心底却是深深爱着儿女的；而两个本没有血缘关系的人组成的家庭，既没有经历风风雨雨的考验，也没有生死相依的患难，当婚姻的丝线被琐碎的日子磨断，就什么都没了。

对一个女人而言，选择丈夫就是选择未来，选择未来的生活及生活方式。人啊，为什么在一切都无法追回的时候，才懂得这些！

打开台灯的那刻，白玫的眼睛还是灼了一下，金花迸溅。不知是自己变得异常脆弱，还是再也经不起一点刺激，并不强烈的光亮自己都受不了。

白玫拿来离婚协议，这还是她第一次认真地看。里面他没有提房子的事，而是说给她三十万，孩子他们带，不用她支付任何费用。当下房价高得离谱，三十万在天津连个一室一厅的单元房都买不起。父母的传统观念很深，即使他们接受了离婚的她，她也背负不起父母沉重的目光，一声叹息都能把她压垮。一旦无家可归，又到哪里栖身？

这套房子当年是四十万元购买的，现在已升值到二百多万，若子枫没有转移产权，白玫可以分到一半。还有家里的银行存款，离婚分割后，她也会得到一半。按常理，离婚财产分割下来，她会买得起房子。可现在，他如此绝情地提前拿走了属于她的那部分，离了婚将怎么生活？为了不受这份窝囊气，可以走法律程序，可打来打去不过还是为了钱，白玫觉得很没意思。如果真为了钱，为了物质活着，当年年轻漂亮的她是绝不会嫁给子枫的。

白玫不是物质女人，此时却感到了金钱的重要，没有了它便没有最基本的生活保障。与他据理力争？争，从来都不是她的风格。为了物质而昏天黑地地打打闹闹，耗费了时间和精力，不但弄得身心皆疲，而且一地鸡毛，一想起来都让人不寒而栗。

她很后悔自己没有防范和保护自己的意识，很信任地认为这份婚姻可以走到终老。许多女人都会存一些私房钱，小佳多次劝她给自己留一手，以防万一。她感觉没有这个必要，不想最后却输得这么惨。小佳无疑是聪明的女人，偷偷地给自己买了一套房产，无论她的婚姻怎样变化，都可以进退自如，不会像自己进退维谷，无所适从。

白玫拨通了小佳的电话，这时她非常需要她："你在哪儿？"

"我正跟客户谈事。听上去你情绪很低落。怎么了你？"小佳那边的声音非常嘈杂。

"我想离婚。"

"玩真的了？"

"感觉过下去很艰难！"

"我都想离了八百遍了，现在不还将就着吗？你我关系再好，这个大主意也得你自己拿。你一定想好了再作决定！"

"能将就，我还说什么呢？"

"不过，乔杨说的你离了婚他接着的话，你也要三思而行。或许，他不过是想给孩子找个妈，找妻子倒是其次。他母亲是个事儿多的婆子，不好相处。这些你都权衡好。回头我再给你打电话，好吗？"

小佳的话白玫明白。

乔杨想给孩子找妈的想法，她不是没想过。她也绝不想因为同情一个人，而搭上自己的生活。况且，乔杨的孩子才两岁多，虽然可爱得像个天使，她却觉得自己没有去扶养她的能力与义务。蛋蛋自己带的都少，怎么有精力去带她，这对蛋蛋又怎么会公平！除非自己爱她的父亲，爱屋及乌地爱她，问题却不是这么回事。肖朗，他虽然有一份未了的心情，也不过是在不堪的婚姻之外找一份情感的寄托，让她来舒解他的心情，却不会因为她而离婚，除非他的婚姻本身难以维系下去。

这些，她怎么会不明白！

写作已是她的生活方式，是她的另一场爱情，一如空气和水，一旦被别人紧紧扼住，无异于把头颅悬到梁上。若没有了它，她的精神世界会垮塌成一片废墟，便再没有可以支撑漫长人生的了！

风大了起来，像穷凶疾恶的暴徒在大地上横冲直撞，所到之处发出呜呜的悲嚎。几只无家可归的野猫，喵喵地叫着，乖戾而又悲戚。

苦不堪言的她紧紧地抱着枕头，离婚的设想像水中的瓢，按下一个，另一个又浮了起来。一个人的日子可怎么过？天天自己面对自己，连个跟你吵吵闹闹的人都没有，一点人气都没有，一想起来都毛骨悚然。有些人的婚姻并不美好，之所以忍受着不堪也不离婚，或许他们也认为孤苦比吵闹更难以让人忍受。

白玫心有不甘，他说的那些都是无中生有，若真像他说的那样，也心服口服。一个想法突地蹿出来——他不是说我有男人吗，我就真有一次！他不是说我给他戴绿帽子吗，我就好好地给他戴上一顶！一旦离婚，我也算对得起他的指责，无愧于自己的内心。

她早已休眠的叛逆性格被吵醒了。

婚后的这些年，在他工作忙得无法分身的时候，性欲旺盛的她在无法满足时，大多是搞自渎聊以自慰。在她，虽然不是想守住贞洁才这么做的，而是那些男人确实没有一个值得自己这么做的，同时也是不想让那些男人给自己找麻烦才这么做的。不过，这种心理却在另一个角度上，没有让她越过雷池半步。

此时，白玫非常渴望跟哪个男人制造一场轰轰烈烈的婚外性，顺应子枫所有的不信任，颠覆她以往所有的生活秩序。不是说很多看来是理所当然的观念，都是错；但是在这个过程中，她还是不可避免地被人误解。

这种念头像火苗，烤得她坐立不宁。她不停地在大脑里搜索人选。

选择熟人"作案"？这想法一出，即被她否定了！她在他们面前一直装淑女，他们若看到她像一只发情的母猫，一定觉得怪怪的。

到网络上找陌生人？她又摇头。毕竟是这个年龄了，与陌生人见了面就上床；身体里还留着对方的感觉，提起裤子便谁也不认识。他们睡过怎样的女人，带着什么样的病菌，想到这些她浑身打了个寒噤，鸡皮疙瘩都凸了出来。

白玫很像初次作案不知怎样"踩点儿"的准罪犯，苦心孤诣地寻找着最适合的目标。

正在这时，电话响了起来。

10

电话是肖朗打来的。

"我托的那个人来电话说，他不知道那个白玫的下落。你上次在电话里不是提到过小莲吗，虽然费了些周折，我还是找到她了。她说，最后一次见她是在安定医院……"

"安定医院？她患了精神疾病？"听到这个消息，白玫的心沉到了井底，那个女子一定经历了更大的打击，否则不会出现在那种地方。像自己经历的事，如果不是自己抗打压能力强，说不准也得去找心理医生，"真是世事难料啊！你在哪儿？"

"在家！"

"这么有恃无恐地给我打电话，就不怕你那口子多心？"

"她不在家，跟同学去KTV玩去了！"

"你就不怕她做对不住你的事？就不怕她给你绿帽子戴？"

"这年头，什么叫对不住啊！还有绿帽子，想那么多干吗啊，让自己是红绿色盲不就得了？给她空间，还能维持住这个家；把她攥得太紧，就像把鸟儿关到了囚笼里，离越狱不远了！只要不像我爸那样，在我眼皮子底下做什么，还是装作糊涂点好。"

"你是个活得很明白的人！"白玫由衷地说。心想，若子枫也懂得这一点，或许两人之间不会闹到今天的地步。

"见面聊好吗？我很孤独。"白玫说，这种话她还是第一次跟他说。她心里却在想，我若真的按预谋的去做，还不知他怎么看我呢。"四十分钟后来小区门口接我好吗？想让你陪陪我！"

他的声音突然放得很小，包裹着一层浓浓的气息："我给你发信息吧！"还没等她说什么，他急匆匆把电话挂了。

肖朗以这种方式拒绝，让白玫难以接受，像一只失了手的水桶，一下子掉进了深不见底的井里。她必须要做点什么，否则，就会像困在陷阱里的小兽，因痛苦和绝望丧命。她的血往上涌，用有些痉挛的手指按下了乔杨的号码。

　　"我很难受，想让你陪陪我！"她不想装，声音里还是带着些许哭腔。

　　"他欺负你了？"

　　"见面说好吗？"

　　"没事白姐，若我授意你离婚，那是我的不对。你真离了，咱们马上结婚，绝无戏言。"

　　"我想见你。"

　　"我这就打车过去。"

　　"孩子呢？"

　　"放心吧，她在我妈那儿。等我。"

　　手机上传来了肖朗的短消息，白玫心里充满鄙夷，没有翻看的心情。心想，他口口声声说心里有我，在我需要的时候不出现，这样的人我还有什么可在意的！所发来的信息，也不过是为了他拒绝我的解释。

　　还是乔杨够哥们儿，他的态度给了白玫莫大安慰。

11

　　好不容易挨过了半个小时，白玫披上大衣准备下楼。

　　像想起了什么，她返身回来，到卫生间洗了把脸，挑了一支玫红色的口红在嘴唇上抹了几口，梳了梳头发。在镜子里打量自己，整个人看上去还算受看，不老不丑，只是眼睛里充满无尽的忧郁。

为调节情绪，她挺直腰板，甩了甩头发，让自己看上去飘逸一些，并挤出一个笑意。脸上的肌肉过于僵硬，笑得不那么自然。

风很大，夹着从屋顶及树梢上带下来的雪丝，刮得她有些睁不开眼睛。天色在雪的反光中，透着无精打采的昏黄。楼群里一窗子一窗子的灯光熄了不少，零零落落的有些失神。小路旁的路灯，昏昏欲睡。她的身影被雪色稀释了，落到地上几乎寻不到。

她走得很慢，脚下的雪却不解风情地发出呼哧呼哧的哀怨。这一刻，就是被刘媛、"貌似"甚至子枫撞见，她也不在乎了。

远远的，她看到小区门口有个顾长的身影，心想乔杨还真够义气的。想起了小佳说的他是给女儿找一个妈的话，从这个角度上说，这个男人也是负责任的好父亲。不看好这桩婚事，他也不会如此冲动。

"你来了！"

听到声音白玫吓了一跳，是肖朗。

怎么会是他？她这才想起那条没有翻看的短消息，莫非自己完全错怪了他？她的心情一下子坎坷起来。

"咱们正通话时，她回来了。"他无奈地说。

"那你怎么还出来？"

"我对她说，同事有事，让我替他值班！外面太冷了，咱们上车吧！"他说着便来拉白玫的手。

就在这时，一辆出租车在小区门前停了下来。车门一开，乔杨从车里钻了出来。

白玫心里咯噔一下。

"白姐——哦，哦……"乔杨也看到了白玫面前的肖朗，"是这样啊？想不到，呵呵，真想不到！"一向随机应变的乔杨竟有些口吃起来，说的话前言不搭后语。如果不是自杀的后遗症，一定是眼前的场景太出乎他的想象了。

白玫的大脑一片空白，尴尬得不知说什么好。

"怎么，你约了别的朋友，那你们去聊吧！"肖朗倒显得非常淡定。

"还是我走吧！"乔杨扭头就走。

"那我们送你！"肖朗说。

"不用，我想一个人走走。"乔杨把头转向白玫，"白姐，不管你做过什么，你离了婚，我仍会接着！"

肖朗的表情像速冻了一样，怔怔地望着白玫。太过情绪化的乔杨，还是揭开了她在肖朗面前刻意隐瞒的老底儿。

"白姐——"刚走出几步，乔杨又喊了一声。

"什么事？"

乔杨弯下身，在地上抓起一把雪，向前方一个灯杆砍去。正中目标的雪团，四散开来。他把双手揣进衣服口袋，高大的身子看上去很虚弱，连连摇头说："没事了，没事！"

"太冷了，早回吧！"她不安地说。

"这小伙子很帅气啊，我好像在哪儿见过！"肖朗说。

"他在婚庆圈儿里挺有名的，或许你参加的婚礼中，就有他主持的婚礼。"白玫说的有些心不在焉。

"咱们去哪儿？"肖朗把车门打开，发动机一直没有熄火，车箱里顿时扑出一股热气。

她这才感觉到双脚已经冻得生疼，浑身瑟瑟发抖。要完成一场自我大革命的计划，竟会遭遇如此不堪，她一下子没有了心情。

"别站在这了，上车再说吧！"肖朗催促着。

她迟疑地说："要不，改天吧！"

"还是待一会儿吧，正好说说白玫的事。"

"我？还是她？"

"你们俩的！"肖朗说着，一把将她拉进车里。

汽车开得很慢，在乔杨身边经过时，他好像还向车厢里望了一眼。白玫看不清他的脸，但他整个人身上好像都写满了落寞和失望。她的心狂跳起来。乔杨是一个敏感而又情绪化的人，纵使自己无意嫁给他，这一幕也不该让他撞见。

肖朗也感觉到了，伸手在她手上用力地握了一下。

12

半个小时后，白玫回到家。那段不长的时间里，心情好像在嘴巴上灌了浓浆，粘得她张不开。

肖朗一直善解人意地说话，绕开可能使她更加不悦的话题，用寻找白玫的事，剥除那层厚厚的沉寂的壳。但是他一停下来，那堵无形的墙又横在眼前，令人备感窒息。

他到白玫的旧居去找小莲，小莲的父亲已经过世，通过她还住在那里的大哥非常顺利地找了她。那个煤老板的妻子过世后，他们结了婚，所生的儿子已经上初中了。虽然白玫从没有把她当做知心朋友，心情不好的时候，有些话跟她说过。还有一些事，她是通过那些爱多事的邻居的嘴知道的，也不知道是真是假。

市内的所有精神病院肖朗都打听了，没有白玫这个人。肖朗说，明天上午一鸣就要上手术台了。没找到白玫或许是天意，老天安排好了的事，纵使咱们再较劲儿也扭不过的。

回到一个人的家，白玫打开电脑。与其说是找一个透气的窗口，不如说是为了寻找让自己更加蒙蔽的幕帐。

寻找白玫

宇帆的出现，像一缕久违的阳光照进了白玫潮湿的内心。

一鸣带给白玫的伤痛随大学生活平复了许多。但是，她却像一个被蛇咬过的人，怕刚摆脱一场不堪的经历，又陷入另一个深渊。所以她对宇帆的态度非常小心。

和宇帆那次郊游，她感到生活仍是非常美好的。尤其是他们光着脚跟小朋友们在原野上奔跑时，她竟没有感到土地的凉意和植物根茎扎脚，快乐得像鸟儿一样。回来的路上她还想，是应该展开新生活的时候了。即使未来还会有风雨，也要勇敢地去面对。

再度把她拖回阴霾的，是件不大的事。只是，与路一鸣有关的事，对她而言，却又似一场灾难降临。

母亲问她："你看到过一个烟嘴吗？"

"什么烟嘴？"白玫有些莫名其妙。

"银制的，顶端雕着精制的小狮子。那是你姥爷传给我的，你爸当年抽烟很凶，结婚时我当信物送给了他。你爸戒了烟，便不用了。"

白玫这才想起来，和一鸣热恋时，曾把它当作信物偷偷放在他的抽屉里，上面还系了一根发带。她勉强挤出一个笑意，装作浑然不知地说："您的东西，我怎么知道！"

"瞧我这脑子，真是坏透了，回头我再找找！"

白玫有些心神不宁，为了让父母安心，她一定想办法把它要回来。送给人家的东西，再去要回来，使白玫感到为难。而路一鸣，是她最不愿意想到的人，更别说再跟他打交道了。可那是父母的信物，不把它要回来还给父母，她一生都会因此事备受折磨，良心不得安宁。她给路一鸣写了信。信中，她诚恳地说，自己原来不知道这件物品于父母那么重要，求他见信后马上把烟嘴还给自己。

　　一周过去了，不见路一鸣的回信，白玫有些焦躁不安。心想，可能是他没有收到自己的信，便写了封挂号信寄了出去。半个月后仍不见回音，白玫变得寝食难安。她仍善良地想，或许他搬了家，没收到自己的信。

　　这天，天刚放亮她就决定到他家去找他。若不是这件事，她这一辈子都不想见这个人，也不想与他再有任何瓜葛。

　　命运，却又跟白玫开了一场玩笑。

　　开门的人正是一鸣。他穿着秋衣秋裤，头发蓬乱，看样子是刚从被窝里爬出来的。

　　他惊愕地说："真想不到你会来！"

　　屋里没有别人。窗帘还没有拉开，被子乱糟糟地堆在床上，红色的塑料尿桶里，排泄物还没来得及倒掉，散发着一种难闻的气味。

　　白玫坐在沙发上，如坐针毡，话到嘴边却不知怎么开口。

　　一鸣打量着她说："你瘦多了！我也想找你，又怕你不给我机会。"

　　"现在说这些还有什么用？"白玫艰难地挤出一个笑意，怕话说得太尖刻，惹恼了他，极力克制着对他的厌倦。

"我梦想咱们会重新开始。"一鸣忽地半跪在白玫面前，"再给我一次机会吧，过去给你伤，绝不会再有了。"

　　白玫的嘴角泛起一丝轻蔑："还是别这样吧。我这次来，你想必知道是为什么，你收到我的信了？"

　　"什么信？"碰了一鼻子灰的一鸣，自感无趣地站起身。

　　"我在你抽屉里放的烟嘴儿，是我父母的信物，我想还给他们。"

　　"什么烟嘴儿？我咋没见？"

　　"你见过的，怎么竟不承认了？"

　　"我家被'梁上君子'光顾也不是一次两次了，是不是被他们偷走了？"

　　白玫不敢相信自己的耳朵，拿不回父母的信物，她以后将怎么面对他们。不争气的泪水流了下来。

　　"要不，再买一个送给他们，不就得了？"一鸣坐到白玫身边，一边给她擦泪，一边安慰她。

　　她憎恶地拨开他的手，直视他的目光像一柄凌锐的刀子：

　　"你在撒谎！"

　　"宝贝儿，我怎么说你才相信？"

　　"谁是你的宝贝儿谁倒霉！"

　　"我哪见过你说的东西了，你这不往我身上泼脏嘛！"

　　看到一鸣一脸的委屈，白玫气得肺快要炸开了：

　　"你明白自己是个什么德性，还用得着我泼！"。

　　一鸣被激怒了，但他仍克制着，说："你先喝杯水冷静一下。也许我从没有留意过，我找一找看。"说着，便翻箱倒柜地找了起来，结果什么也没拿出来。

白玫想起来了，一鸣曾提到过和烟嘴放在一起的那张纸条上的字，现在他却全然否认。她绝望地想，他是决意不想还给自己了，她不明白他为什么这么做。可父母那头，自己又该怎么交待？

"真想不到，你会这么无耻！"白玫脸色苍白，手指不住地颤抖，呼吸一声比一声急促。

"你这么说我也没有办法，反正这事与我无关！"一鸣干笑起来。

"十足的无赖！你今天不把东西拿出来，我就死给你看！"说着，白玫绝望地站起身，看到写字台上有一把剪刀，伸手就拿。

一鸣去抢剪刀，与白玫撕扯在一起。白玫的身体一软，像面口袋一样坍倒在地，昏厥过去……

等她醒来，已在自己家里。

这天以后，她一会儿哭一会笑，疯疯癫癫的连学都上不了。后来，经医生诊断，她得了间歇性精神分裂症……

荧光屏上的字，模糊成了一团雾气。

白玫突然想到"旧社会"这个词，被自己苦苦寻找的女子曾关进了她"旧社会"的茧中，蜕变成一只另类的蝴蝶，是以这种方式对现实生活和社会状态的拒绝抑或摆脱，把痛苦或者快乐统统丢给了看似正常的人们。

几天来，白玫游离在自己和那个同名同姓的女子之间，残忍地用她的经历为自己的伤口止疼。她感觉，自己倒像个精神病人，深一脚浅一脚地在世间跋涉，比关进疯人院里的人更加痛苦不堪。

《世说新语·伤逝》中说："圣人忘情，最下不及情"。是说圣明的人忘记人间的喜怒哀乐之情。而她，被父母及儿子的目光紧紧地拴着，根本没有勇气让自己成为忘情岁月里的精神病人。

13

"你怎么知道的？"

"在这种事情上，男人线条再粗，也会变得敏锐起来。"

屋门没有关紧，缝隙处透出厅里昏黄的地灯光和子枫与"貌似"说话的声音。白玫睁开疲惫的双眼，呼吸急促地立在睡眠的边缘。

这样的情形以前也有过，但是今夜他们隐隐约约说的话题，令她清醒了大半。掀开手机，时间显示的是十一点四十二分。一定是子枫醉醺醺地去找"貌似"，"貌似"没回自己的家，又跟着子枫来了。

"她喜欢首饰，我也没少给她买。去年回来，拉她去买周大福钻戒和戴梦得项链，这些是她一直想要的。她说，就是自己在商场内部找人，价位还是不菲的，算了吧，自己的首饰这辈子也够戴的。这次回来，她的首饰盒里却一样不缺地都有了。我觉得纳闷，就问了她。""貌似"似乎感到自己的音量大了，像是怕白玫听到似的压低了声音，"她说，有个商户想打入他们商场，商场里的商铺已满，有的还是合作了多年的客户。她从中运作，请走了一家客户才使这个商户得以进场，这是对方酬谢她的。听她这么说，我也没有多问。那天，我找衣服时，无意中发现了一条男人穿的内裤。我一直穿宽松的平角裤，紧身的三角裤从不穿的。问她是怎么回事，她轻描淡写地说，你过去穿过，你自己忘了。我从中捏出一根毛发说，也许是我记性不好，要不咱们拿它去做DNA？她说，如果不怕花钱，你随便做，神经病！"

白玫想起那天晚上"貌似"的吼声和刘媛的哭泣。好奇心趋使她屏住呼吸，恐怕自己弄出点响声，惊扰了"貌似"不再说下去。

"你都成了酒篓子了，别喝了！"子枫说道。随后，酒杯在茶几上发出一声闷响。

"我是吓唬她，没真去做DNA。第二天，她应该歇班，早上却跟我说同事有事，让她替班。我尾随着她，来到离小区半里路的地方，她上了一辆早就等在那儿的轿车，上车前还回头张望了一会儿，幸亏我闪进一处售货亭后面，她没有发现。我打出租跟踪她，直到她和一个中年男人一同下车，走进一处居民楼。我气疯了，真想去抓'现行'，想到后果我才吞下了这口恶气。下午她回来，我有意缠着她要做那事，她却推开我说，咱们去妈那里吧，又有许多衣服要洗了。我说，我回来的这些日子咱们不是请了护工吗？她说，贴身的衣物还是自己洗，怕护工洗不干净。唉，你说，面对这样的女人，该拿她怎么办？"

女人的反叛，是从腰部以下对男人的拒绝开始的。"貌似"不在，楼上"咯吱咯吱"的疯狂，不都是腰部以下的运动？白玫为他感到难过，又止不住怜悯刘媛，看来婚姻中的许多事，真的无所谓对错，只看自己能不能理解和接受。

一段长时间的沉默后，子枫问："你揭穿她了？"

"没，我无法容忍戴绿帽子，可看她这么辛苦，对我妈像对自己亲妈一样，我又说不出口了！"

"你打算就这样忍下去？"

"一个人在国外，尤其是在极度不安全的地方待着，那种恐惧感、孤独感和在处于和平状态的国家是没法比的。你也知道，男人释放压力的最好方式就是生理，除了工作上的接触，工作之余我们都待在安保森严的宿舍，想找一个妓女都做不到，何况我是有洁癖的人。一同去的女同事不多，就是有几个也都被其他同事抢了先，我不想掺和进去，这很没意思。她一个女人，又带孩子，又照顾我妈，我还不在身边，一般的女人谁忍得了！这几天我一直在想，她压力这么大，还对我家这么好，已经是我的福了，还是装作什么都不知道吧！"

"你不找那个男人算账？"

"算什么账啊，除非我回来，或者这个婚姻不要了！""貌似"声音低沉，浸着一个男人无尽的委屈和无奈。

"哥们儿，你也够海量的！"

"我是项目的总工，不能撤的，再过两年就可以收工了。我想，这几年就这样凑合吧，有个男人陪着，她也有个依靠，我妈那儿也有个人照顾！要不，还能怎么样？"

子枫说："这世道危机四伏，往大处说有政治危机、经济危机、能源危机，往小处说有生存危机、婚姻危机、信任危机，我们自己能把控的那部分很少。而仅有的这一部分，自己的正当防卫或许对身边的人会造成防卫过当，无形中也造成了危机。每个人都会成为一场场危机的牺牲品，为了活下去，在委屈中保全自己和家庭，或许是没有办法的办法。"子枫说话的语气很重，倒像是说他自己的心情似的，虽然这个过程中没有提及他自己。

白玫豁然明白了，他提前转移家里的房产，正是因为他内心的这种危机感。而他的最后一句话，也是最让她思量的。

"不是有句话说吗，再优秀的外科医生，做手术时也会在患者身上留下刀疤。没有完美的事，何况是婚姻呢！"茶几被碰了一下，"时间不早，我该走了。这些见不得人的事，可别对你家白玫说！"

"有什么可说的，谁家的日子不都一样！"

送走了"貌似"，子枫的脚步传来，近了更近了，在白玫的房门处停住，门随即被推开了一条缝隙。白玫合上眼睛，身子一动不动，尽量让自己像是睡着的样子。当厅里的灯光被门掩住，她才喘了口大气。

她不想让子枫知道，自己和他成了"貌似"的共同听众。这样，可以让他在"镜子"前好好照照自己和言行。

14

窗子上蒙着很厚的呵气，在雪光的反衬下发出莹白的光，似从梦里折射出来的。

家家有本难念的经的慨叹，令白玫睡意全无。她想，我这没"犯事"的，被无端猜忌，人家真与人勾搭成奸的却可以被原谅，如果子枫也像"貌似"这么心大，我们也不会有架打了。

可惜，人与人之间，就这样不同。

当她想到寻找白玫的事，却在安定医院画上了一个休止符，不免有些痛惜。路一鸣那边，也只得随他去了。这是天意。

听到子枫卧室的屋门"砰"的一声关上，她打开手机，给杨宇帆发了一封邮件，感谢他对自己的信任，并告诉他白玫没找到。天一亮路一鸣就要做手术……她感慨道，细想想，无论一鸣曾做过什么，比起那些做了错事仍不悔悟的人还算有良心；他用了这么长时间寻找，想赎回曾经的自己，也许一切来得太晚，毕竟他做了。希望他手术成功，或许还有完结自己心愿的机会。

信发出时间不长，手机上传来新邮件的提示。看到内容的那刻，她的眼眶里溢满湿润的激动。

　　白玫女士：

　　我不再对你隐瞒什么了，你所寻找的白玫如今在美国。经过一段时间的治疗，她已病愈，她的父母及姐姐一家也在这里。她病愈后不久，报考了北卡罗莱纳大学新闻与大众传媒学院，拿到硕士学位后在一家报业集团工作，现在已是首席记者。她早已结婚，育有两个漂亮可爱的女儿。

　　你也许纳闷我为什么知道的这么详尽，因为她丈夫就是我。我们非常相爱，一家人过得幸福美满。能从那场大病中活过来，是上天对她的眷顾，也是上苍对我的恩赐。而她是怎么活过来的，我们一家为此又是怎样付出的，那真是一言难尽，不是经历过的人无法懂得。

　　你可以将这些转告苦苦寻找她的那个人，但是，我却不希望有谁再打扰她的宁静。禅语言，一念放下，万般自在。希望他把一切都忘了吧，不是我不给他这个机会，而是一切都成了光阴中的故事，变成了风，变成了尘土。

　　正应了那句话：生命因为际遇而有意义，甚至是那些失去的……

　　祝好！

　　杨宇帆

那个白玫找到了，寻找白玫的白玫心情就像"汝崎岖万里，把浪花舞破，来慰晨饥"一样，好像呼吸都踮起脚尖，跳起了欢快的舞蹈。

这个未曾谋面的女人，在白玫对她的寻找中，冥冥之中已与之血脉相通，虽然对方全然不知，却挡不住拿她当成了另外一个自己。同悲同喜，同苦同甘。她忍了好久，才没给肖朗打电话。他的家也不太平，做为好朋友不应给对方添乱。

不成想，肖朗的电话却不期而至。她会意地笑了，真是心有灵犀啊。

"哥们儿，我正赶往河南的路上！"肖朗的声音很大，却非常急促。

"我正想给你打电话呢！怎么，这大半夜的你还出差？"

"不是！一鸣朋友来电话说——"肖朗的声音被什么呛住了。

"说什么？"一种不祥之兆浮过白玫心头。

"他病危了，正在医院抢救！他意识还算清醒，让我赶紧过去！"

"可明天上午他就要做手术！"

"医生说，做手术已没有意义了！对了，你刚才说正想给我打电话，什么事？"

"白玫找到了！"

"啊，白玫！再早一天他或许都来得及跟她见一面！"

"那是不可能的！"

"白玫那么善良，对一个将不久于世的人，她或许不会！"

"你也别那么自信，她在美国呢……"

听完白玫的讲述，肖朗说："是这样啊，那让我们一同祝福她吧！一鸣让我过去，说有件东西，希望以后如果能找到白玫时，代为转交！"

白玫想起被一鸣抚摸了半天，却没有打开的荷包："一定是那个银质的有狮子头的烟嘴儿。可以寄给她的丈夫，然后让他暗自转给她父母，当一切都没有发生！"

　　"这都是后话。路上雪厚，车子老打滑，到那儿我再跟你联系吧！"

　　两个结局同样出人意料，白玫不知道该快乐，还是该悲哀。

　　屋里的灯突然亮了，子枫不知什么时候站在门边。白玫用被子把头蒙起来，暗示他不要打扰。

　　子枫撩开白玫头上的被子，一双泛着血丝的眼睛望着她。这几天，他被折磨得瘦了。

　　"明天，咱们再好好聊聊！"他在床上坐下来，手在她的头上摸了摸，很慢，很轻，却已有了温度。声音也没有了这段时间的拒人千里，"我想了很多很多，或许，咱们的日子还没到头，这个家还有未来。如果你也这么想，那么咱们交流一下，看怎么才能好好好好生活，好好好好爱！"

　　这段时间强打的精神轰然倒塌，白玫心里不知是什么滋味。想哭的欲望像无法控制的井喷，止不住，她也不想止住。

　　子枫把她的手握住了，很紧。

后记

又失眠了，满脑子都是刚写完的这个故事。大有我被占领了，却又不愿去收复失地的感觉。原来沦陷于一种事物和沉沦于一个人一样有趣。苦楚自不待言，但那份灵与肉全心全意的沉醉与交融，是任何物像都无法能抵的。

写这段文字之前，我还在想，如果一切可以重来，我还做女人，还要和今生一样美丽。但我一定不要这么多愁善感，因它常常像诱人的罂粟，让人一不小心就伤在里面而无力自拔；我一定不要做精神世界里的女人，因这里的许多需要常常过于虚拟，不如傍个成功男或倚个权贵公的物质女人来得洒脱实在；我一定不要被文学牵了手，因为我身边的许多朋友都说被它毁了，它让我们看世界的视角不同常人，一切感受都比常人要强烈和持久得多，不是难容于这个世界，就是被这个世界不容；我一定不要孤独，孤独的感觉就像你被人海淹没，大喊一声，却发现朝向你的人没有一个是你所要的，那种一个人在海边的旅行，不亚于满屋子都是书，你翻遍了却找不到一本你所要的感觉一样。

如果一切可以重来，我不要那么多未央的夜，不要思想，不要慎独，不要血性，不要品位，不要忧郁，不要敏感，不要隐忍，不要为别人着想，不要重情重义，不要至爱成伤，不要太过善良，不要追求纯粹与唯美，不要让别人的或是不是人的错误来惩治自己，更不要那么多长长的像丝线一样纠缠的才下眉头却上心头……

"没有文学了，哪来的如此美妙感人的文字。你沉沦吧，沉沦得多深也总有文学在你底下。""如果没有思想可以不痛苦，你情愿选择痛苦；还是如果没有思想可以不痛苦，你情愿选择没思想？""你才不会沉沦呢，你有才华和追求，怕啥！别的女人有的你都有，别的女人没有的，你也有。你还不知足！"

如是说的：一个是看着我成长的朋友，一个是我的闺中密友，一个是我的恩师。我在无语中喟然，只有最懂自己的人，才会把话真切地提到心坎上。即使沉沦也是清醒的；即使被某种烈火烧焦，也知道是为了什么，并像小草一样在春风中舔舐起绿茵茵的希望。

既然一切都无法改变，那么，就让我沉沦得更彻底更猛烈一些吧！希望有一天，朋友相送嵌名联中的意境"一片冰晶尘世外万卷云白画图中"，会绽放于我的都市荒原。

图书在版编目（ＣＩＰ）数据

寻找白玫 / 白晶著. -- 北京 ： 新星出版社,2012.12

ISBN 978-7-5133-0962-2

Ⅰ. ①寻… Ⅱ. ①白… Ⅲ. ①长篇小说－中国－当代

Ⅳ. ①I247.5

中国版本图书馆CIP数据核字(2012)第261516号

寻找白玫

白晶 著

责任编辑：汪　欣

责任印制：韦　舰

装帧设计：回归线

出版发行：新星出版社

出 版 人：谢　刚

社　　址：北京市西城区车公庄大街丙3号楼　100044

网　　址：www.newstarpress.com

电　　话：010-88310888

传　　真：010-65270449

法律顾问：北京市大成律师事务所

读者服务：010-88310800　service@newstarpress.com

邮购地址：北京市西城区车公庄大街丙3号楼　100044

印　　刷：北京兴湘印务有限公司

开　　本：880mm×1230mm　1/32

印　　张：7.25

字　　数：168千字

版　　次：2012年12月第一版　2012年12月第一次印刷

书　　号：ISBN 978-7-5133-0962-2

定　　价：25.00元